太秦安楽亭

～モモのいる店～

志本　哲
SHIMOTO Satoshi

文芸社

目次

太秦安楽亭　～モモのいる店～

山本周五郎の『深川安楽亭』が好きだ。

二月

その店は太秦にあった。

嵐電太秦駅のホーム横の細い路地、そこを東へ少し入った所だ。吹き溜まり、場末という言葉がよく似合う場所だ。

店の厨房の窓からはチンチン電車が通り過ぎて行くのが見える。カウンター七席と小上がり一間の狭い店だ。

小上がりでは今日もモモが客を待っている。この小さな座敷は、本来は月に一度の頼母子講をするためのものだった。だが今ではモモが鎮座する指定席となっている。

モモは看板娘の名ではない、犬である。本名は桃太郎、七歳のオスである。プードルとシーズの合の子、もといミックスである。この店のオーナー、つまりママに言わせると、合の子は現代では差別用語らしい。でもハーフでなくて何故ミックスなのかはわからない。

二月初旬。六時のオープンまでまだ少し時間がある。厨房ではママが仕込みをしている。

今夜は節分で恵方巻がカウンター台に既に並んでいる。

モモがムクッと起き上がり入口に向かって小さく吠えた。扉が開くと背の高い老人が入ってきた。

「いらっしゃい」

「節分やな。寒いなあ」

ママは焼酎の水割りを手早く作る。カウンターへ置く。その老人は立ったままグラスを一気に飲み干した。モモは既に無関心に丸くなっていた。

老人はカウンターの上に五百円玉を置いた。

「おおきに」

「ありがとう」

三軒隣のたこ焼き屋のおっちゃん、その出てゆく背に声をかけ、ママは仕込みを続ける。

店の片隅にあるテレビからは情報番組が垂れ流しされている。小上がりの前には石油ストーブが焚かれている。その上にはくすんでへこんだアルミ鍋が置かれている。その中ではおでんの具がグツグツと煮え始めている。

またモモがムクッと首を起こし、入口に向かって小さく吠えた。扉が開き、足元のフラついた中年男が入ってきた。

「いらっしゃい」

「おおっ、酒！」

中年男はカウンターの端の席に座った。ママは一升瓶を手に取り枡にコップをたて、なみなみと酒を注いだ。酒はコップから溢れ、枡の中へ溢れた。それを男の前へ置いた。

この中年男は店では「山菱さん」と呼ばれている。一キロほど南にある自動車会社「山菱」の工場で働いている。それで店ではそう呼ばれていた。山菱さんは置かれた枡を大事そうに両手で持ち上げた。コップをそっとつまみ上げ、まず枡の内に溢れ零れた酒を愛《いと》おしそうに啜った。既に途中で飲んできたのか顔が赤い。

壁の時計が六時を鳴らした。テレビの番組がニュースへと変わった。ママは入口の外に出て暖簾をかけ、提灯の電源を入れ、灯りをともした。

モモがムクッと起き上がり、入口に向かってまた吠えた。今度は小上がりから駆け下り、入口の前で身構えた。扉が開きコートを着た男、島村が入ってきた。頭は禿げ上がっている。

「いらっしゃい」

「寒いなあ」

「ああ京映さん、こんばんは」と山菱が声をかけた。

「山菱さん、こんばんは」と島村も返した。

モモは二足立ちになり、島村の足にまとわりついた。

「はいはいモモちゃん、ごきげんよう」

島村はコートを脱ぎながら一番奥の席に座った。すかさずモモは横の席に飛び乗った。

島村がおしぼりで顔を拭いている間、モモは前足で男の上着をトントンと撫でている。

島村は近所の京映撮影所で仕事をしている。ここ太秦はかつて五〇年代から六〇年代、日本映画全盛の頃、撮影所がいくつもあった。日本のハリウッドと呼ばれた時期もあった。やがて日本映画は斜陽を迎えた。今では太秦の撮影所も二つだけになった。映画製作も激減し、テレビ時代劇で糊口をしのいできた。そして、その時代劇もテレビ地上波から消えつつあった。

島村の前に生ビールが置かれた。

「今日は鰯と恵方巻やで」

「あっ節分か。旬には旬のものを頂かんとな」

島村は生ビールをあおった。

「その前におでん。糸コンは入れてや」

ママはストーブの鍋から皿に糸コンニャク、大根、スジ肉をつまみ、島村の前に置いた。

モモはカウンターに乗り出し、その皿を覗き込んだ。

「モモ、やめてや。恥ずかしいやろ」

ママに諫められても、モモは馬耳東風、皿に鼻を近づけ嗅ぎ続ける。

「お代わり」

山菱さんがカウンターの台座に桝を戻した。テレビからはニュースが流れていた。

「ホンマあかんで、せっかく政権交代したのに」と山菱はつぶやいた。

「一杯ちょうだいね」

ママは山菱さんの返事も待たず自分用に焼酎水割りを作り始めた。

奥の席では島村がスジ肉を食べやすいサイズに嚙みちぎり、モモに与えている。一口与えてはモモの頭を撫で、何かブツブツ語りかけている。

その時扉が半分開き、三十歳前後のカップルが店の中を覗いた。男の方が店内を眺め回した。ママと視線が合った。ママはいらっしゃいとも言わない。後ろの女が男の袖を引いた。男は女のほうをちらっと見やったあと、ママに向かって小さな声で言った。

「間違えました」

「そうみたいですね」

扉が閉まると山菱さんがママの顔を見て聞いた。

「お客さんと違うんか？」

「幸せそうな人はうちの客とちゃうねん」

「なんやそれ、ホナ、わしらは不幸なんか？」

と、苦笑し、奥の島村に声をかけた。

「なあ、京映さん」

「山菱さん、知らんかったんか、この店のコンセプト。嫁に逃げられた男、嫁に死なれた男、嫁の来ない男、それがこの店のカモなんやで」

「ようそんなこと言うわ。わしは違うで」

「この店の方針はまだあるで。常連は生かさず殺さず、ながーくひっぱる。でも金の切れ目が縁の切れ目、てね」

「怖い店やな」

「あんた、知らんかったんかいな」

ママ、ニコッと微笑み、焼酎のグラスを山菱さんに掲げ一口飲んだ。

「モモ、おしまいや。お・し・ま・い」

島村が空の皿をモモに見せる。モモは椅子から飛び下り元の小上がりに戻る。また丸くなろうとしたが、首を起こし入口に向かってまた小さく吠えた。

ニッカポッカにジャンパーを羽織った男、谷山が入ってきた。

「寒いなあ」

「いらっしゃい」

「ほら、嫁に逃げられた男が、また一人来たで」と島村が笑顔で迎えた。

「なんやねん、あんたと一緒にせんといてや」と谷山が返す。

「ママ、焼酎お湯割りな」

谷山は島村の横の席を一つ、つまりモモの指定席分を空けて座った。

「谷山君、今日も口先だけで仕事してきたんか」

「よう言うわ。島村さんみたいに一日暖房の効いた事務所でうたた寝してへんで。寒い現場で人、回してんねんで」

チンチン電車が窓外を通り過ぎた。


「ごちそうさん」

山菱さんがフラつきながら帰っていった。入れ替わりに初老の男、金田が入ってきた。

「あらカネちゃん、いらっしゃい」

扉を閉めながら、金田は後ろの方を顎でしゃくり言った。

「山菱のおっさん、フラフラやないか」

「いつものことや」

金田は、谷山の横に座る。

「ママ、熱燗な。あのおっさん、コンビニ前でカップ酒飲んでる姿、よう見かけるで」

「ここに来る前にカップ酒一本空けるのがルーティンみたいやで」と言うママに、「いつも赤い顔してんな」と、谷山もうなずく。

「工場で溶鉱炉か鋳型かの作業してるんやて。それでいつも汗だくなんやて。ほいで会社で風呂入って、カップ酒飲んで、ここに来るんやて」

「嫁はん、おらへんのか?」と金田はママからおしぼりを受け取った。

「死んだんやて。そのあと息子夫婦に勘当され、今は独りらしいわ」

「なんやそれ」

「みんなも人のこと言えへんやろ。今日も団子三兄弟揃ったな。節分やで、あとで恵方巻食べてや」

「カネちゃん、今日は仕事やったん？」と谷山が聞いた。

「うん。今週はもう三日働いたし、明日は休みや」金田はおしぼりで顔を拭きながら答えた。

「売り上げよかったんやな」

「二万円いったわ」

「すごいやん」と島村が持ち上げた。

「島村はん、そういや今日、大映通りでロケやってたで」

「あっ、それうちやな。テレビの刑事物のロケや」

「タクシー、なかなか通してもらえへんで、お客さんイラついとったわ」

「すんまへんな、迷惑かけて。予算あらへんのや。ほいで週に一回は近隣ロケのスケジュールに入れとんのや」

「予算あらへんのかいな」

「あらへん。テレビ作品はテレビ局の下請けや。撮影所から一キロ圏内はロケバス出さへん、スタッフ歩かせるんや。機材車も出さへん。機材はリヤカーに積ませて徒歩ロケや。車両代浮かせてるんや」

「大京映さんが情けないな……」

「映画なんか、もう何十年も作ってへん。テレビ作品で細々とやってまんねん」

「ヤクザ映画も、もう作ってへんのかいな」

「バブル崩壊してからは全くやで。ご時世が違うしな。ママ、鰯」

小上がりのモモが反応した。一目散に島村の横の席に駆け上がってきた。

ママが島村の前に鰯の皿を置いた。

「骨、ちゃんととってやってや」

「鰯は小骨ばっかりや、少々大丈夫や」

「あかん。うちの子はおぼっちゃんやから、ちゃんと骨とってや」

「過保護やな」

島村はそう言いながらも鰯の身を箸でつまみ、掌に載せ小骨をよけてモモに与える。

「人間様の美味しい食べ物を与えたら病気になるで、あかんやろ。タヌキみたいにブクブク太ってしもて。なあモモちゃん」

と、谷山はモモの尻を撫でた。モモは無視して鰯を食べ続ける。

ママが煙草に火を点け、語り出した。

「あたしのお母さんが昔、この場所でお好み焼き屋やってたんや。その頃、京映の関係者は出禁や言うてたな。ハイエナ軍団全盛の頃や。ハイエナ軍団来たら電気消して鍵閉めた、てよう言うてたわ」

「昔は、この辺の店はどこも映画関係者でもってたんとちゃうんかいな」と、金田は熱燗徳利からお猪口へ酒を注いだ。

「そうやろけど、ハイエナ軍団は別や、たちが悪かったんや。酒癖悪い、女癖悪い、他のお客さんにからむし、直ぐ喧嘩始めるし、店のもの壊すし、あげくはツケやいうて金払わへんし、最悪やて、よう言うてたわ」

「あの頃はヤクザ映画全盛期やし、大部屋の俳優もコワモテの人多かったやろな」と島村が相槌を打った。

「ヤクザか俳優か見分けがつかんかったわ」

「ママなんか、最初私がこの店来た頃、京映は太秦の会社や思ってたな。それもヤクザが経営してる会社やて」

「ホンマびっくりしたで、島村さんの話聞いて。本社が銀座にあって、それも一部上場やて」

「一部上場て意味も知らへんかったやんか」

「まあ、そうやけど。ほんで島村さんが会社の新人を店に連れてきた時もびっくりしたで、京大出やて」

「ほんで、その子にアンタお母さん泣いてるやろ、ええ大学出てヤクザの会社勤めて、て言うとったな」

「ホンマそう思ったんや」

「一応、上場会社やで、日本映画全盛の頃は勢いがあったんやで。プロ野球の球団も持ってたんやで」

「へっ、球団持ってたん？」と谷山が目を丸くする。

「そやな、昔は鶴亀映画も帝映も球団もってたな。その時代に景気のええとこが球団持つんや。ちょっと前までは鉄道会社が多かったけどや、今はＩＴと金融屋やで」とのたまう金田。

「ほんで過去の栄光の名残で、まだ上場に残っとる。そやから毎年十人くらいは新入社員とってるんや。そのうちの一人が京都配属や」と、島村が自嘲気味に言った。

「わっ、最悪やな、その京都配属された人」

ママが鼻で笑うと、島村が反駁した。

「そんなことあらへん、現場知るには撮影所が一番や」

「現場て社員でもない偏固な職人がウヨウヨおるんやろ。銀座のオフィスで働ける思って夢膨らませてたやろに、かわいそうに」

「そんなことあらへん。映画が好きやから映画会社入ったんやし、事務職より現場の方がええやろ」

「まあ、その人によるんちゃうか」と、どうでもいいと言う感じの金田。

「ほんで、もう出入りしてへんのか？　ヤクザは」谷山が話を戻した。

「うん。確かに昔はその筋の人もウロウロ出入りしてたけど。自分とこの建設業界もそうやろ？　表向きは排除されてるやろ」

「確かにそうやな」

「祇園の街もバブル崩壊して、暴対法施行されて、もう見る影もあらへんなあ」と、金田はお猪口をあおった。

「あたしも、それで祇園辞めたんや」

「うちなんか警察の指導で暴対法宣言までさせられたわ」と島村がぼやくと、すかさず谷山が尋ねる。

「ほな、もう縁を切ったんかいな」

「そやねん。今は公園とか会議場とか公共施設をロケで借りる場合、反社会的勢力と関係ありませんみたいな書類をいちいち出さんなんのや。コンプライアンス守らんとな」

「ハンシャの人は銀行の口座も今は作れへんらしいな」とママが言う。

「そや締め付けが厳しくなってるで。一応、府警の偉いさんが撮影所に指導に来た時、芸能とヤクザの関係を室町時代からの流れで説明したんやけどな。今の時代は反社やから問答無用やて」

「室町時代が何の関係があるんや?」と、金田が突っ込みを入れた。

「芸能の発祥とその仕組みは、その辺から始まったんや。俗に言う士農工商以外の正業でないもんにも生業《なりわい》があって、盛り場が出来て、ルールが出来て、仕組みが出来たんや。歌舞伎かて世阿弥かてそうや」

「また、わけのわからん屁理屈言い出したで」と、金田は苦笑する。

「芸能だけやないで。警察も消防も利用してきた歴史があるんやで。警察は岡っ引きや。銭形平次も町の侠客や。消防は火消しや臥煙《がえん》や。め組の辰五郎も親分や」

「もうええて。そんな話」と、谷山が空のグラスをカウンターの台座に戻し、ママに指を一本立てた。

ママがそれを受け取り、

「ハンシャ、ハンシャ言うてたら年末の紅白歌合戦かて成り立たへんのやろ」

「でもまあ現場の負担はだいぶ減ったけどな。ロケ先で俳優さんと写真撮ったりサインもらったりと、よけいな気をつかわんで済むようになったしな」

「さんざんヤクザ映画で稼がせてもろといて不義理なことやな」とママはお湯割りを作りながら笑った。

「ホンマやな。モモ、おしまいや。お・し・ま・い」

島村は空の皿をモモに見せる。モモはまた定位置に戻った。

店の二階は住居になっていて階段を下りる足音がした。店と階段を隔てる扉が開いた。娘のマキが顔を出した。

「ママ、案内状のリスト知らん？」

「知らん。テレビ台の下ちゃうのんか」

マキは客を見渡し、言った。

「こんばんは」

「マキちゃん、元気？」

一番若い谷山が愛想を返した。

「あんた、団子三兄弟が揃ってるで、報告しとかなあかんやろ」

ママの言葉に、マキは「んっ」とはにかんだ。

「みんなに来てもらわんなんやろ、うちには親族おらへんし」

「親族ようけおるやろ。異母兄弟やら異父姉妹やら」

島村の冷やかしに、ママはすまして答えた。

「付き合いあらへんし、おらんも同然や」

「ほんでマキちゃんの報告て何？」

谷山が優しく問いかけると、マキははにかみながら言った。

「結婚すんねん、六月に。みんな披露宴来てや」

「へっ？　誰と？」と驚く谷山。

「おめでとう」と好々爺顔の金田。

マキは谷山の質問には答えず、恥ずかしそうな顔を残して階段を駆け上がっていった。

「誰と？」と谷山は、今度はママに聞いた。

「今、お付き合いしている人とや」

「そりゃ、そうやろ」

「よかったなあ、おめでとさん」と、島村は笑顔で祝福した。

「また案内状出すし、万太郎の時みたいに来てやってや」

「でもママ、そんなようけ兄弟おったんかいな」と金田が興味深げに聞いた。

「お父さんが極道時代に、ようけ女こさえて、そこらじゅうに子供作らはったんや。ほんでお母さんも愛想尽かせて離婚して、別の人と結婚して子供出来てるさかい、ようけ兄弟姉妹おるんや」

「へー」と驚き呆れる金田。

「そや、思い出した、お父さんひどいんやで。この店の土地、名義がまだお父さんのままやったんや。それをこないだ急に五百万で買えて脅すんやで」

「脅してるんちゃうやろ、ママの名義にしとけいうことやろ」とわかったようなことを言う島村。

「そんな急に五百万いわれても、あらへんし」

谷山が煙草に火を点けながら、

「建物は？　ママの名義なんか？」と。

「建物はママの名義やな。前の旦那から慰謝料がっぽりとって、それでこの店建てたんやもんな」と島村が知ったかぶりをする。

「当然や、小さな子二人抱えて食わしていかんなんもん。慰謝料それなりにもらわんと」

「ほんで五百万都合ついたんかいな？」と、金田。

「ブラックリスト載ってるし銀行は貸してくれへんから、あちこちから借りてなんとかするんや」

「ブラック載っとるんか？」と、谷山が煙草の煙を吐いた。

「前に万太郎の携帯電話の保証人になってて、有料サイトかなんかで高額請求されて、ようわからんけどゴネたら載せられてしもたんや」

「それもひどい話やな」とつぶやく金田。

「でもお父さんの話は愛情の裏返しやな」と、まだ自説を曲げない島村。

「そんなことあらへん、ひどい父親やで」

一歩も引かないママに、島村は諭すように言う。

「もしお父さん亡くなったら、ようけおる兄弟姉妹で遺産相続もめるやろ。それにこの店が巻き込まれんように先に手を打ったんやで」

「でも五百は高いやろ」

「いや相場そんなもんやで」と、谷山もわかったようなことを言う。

「高いって、ほんまひどい父親やで……」

「ほんでマキちゃんの相手は堅気か」と、谷山は話を戻す。

「あたりまえや、普通のサラリーマンや。一応、国立大学出てるらしいしわ。いまいち気にいらんけど、反対してもしゃあないしな。行かず後家になっても困るしな」

「よかったな、ジューンブライドやな」と、谷山。

「大金持ちと結婚して左団扇であたしに楽させてくれてもよかったんやけど」

「またアホなこと言うてるわ」と呆れ顔の金田。

「そういや、マキちゃんが中学卒業する時、舞妓にしよう言うてたな」と、島村が思い出したようにママに水を向けた。

「そうや、あん時は島村さんに舞妓のなり方、インターネットで調べてもらったな」

「そやったそやった。普通に進学しても、しょうもない男としか出会えへんけど、舞妓や芸妓やったら財界や政界の偉いさんと知り合えるかもしれんて」

「絶対、そっちの方がチャンスがある、未来がある思ってな。松下幸之助の孫とか知り合えるかもしれんてな。でも本人が進学したい言うてな。あん時、担任の先生なんか、鬼親やと思ってはったで」

「結局マキちゃん大学まで行かしてやったんや」と、微笑む谷山。

「そやそや思い出した。わしのタクシーで入学式の送迎したわ」と思いを馳せる金田。

「ママもあん時、我が一族から大学出が出るなんて、て涙ぐんでたな。鬼の目にも涙や」と島村。

「誰が鬼やねん」と、睨むママ。

「そんなマキちゃんがもう結婚する歳なんや」と、金田がしみじみ言う。

谷山が煙を大きく吐いて灰皿で消しながら聞いた。

「弟の万太郎の結婚式は一昨年やったっけ？」

「そやな、アイツも今年二十歳やから二年たったな」

「でもママは日頃マキちゃんや万太郎のことボロクソ言うくせに、他人が同調して悪う言うてみいな、噛みつかれるで。やっぱ親やな」

「あたりまえや。親のアタシが言う分には構へんけど、他人が言う分には許されへん」

金田がお猪口を口に運びながら言った。

「万太郎も将来どうなるんか思ったな」

ママは水割りをコクリと飲んで言った。

「中学に上がって、素行が悪いから先生に教室入れてもらえんようになって」

「義務教育やろが。ひどいな」

「ほんで、ママ、学校に唸りに行ったんやな」と、島村。

「行ったわさ。でも端から色眼鏡や、偏見や。片親で飲み屋やってる、家庭環境が悪いてな」

「先生もサラリーマン化してるもんな」と、谷山がわかった風なことを言う。

「さしずめママなんか、モンスターペアレントやで」と、茶化す島村。

「そのうち茶髪になるし煙草吸いだしよるし、何回も補導されて、そのたびに警察に呼び出されたわ」とママ。

「あげくの果てにバイク事故やな」と、島村が畳みかけた。

「あん時はビックリしたで。脊椎損傷の可能性がある、もう一生歩けんかもしれんて」

「病院に見舞いにいったら、ママが必死でベッドの万太郎になんか教えてるんや。何の本やろか思って表紙見たら、論語や」

「論語？　孔子の論語かいな？」と、怪訝な顔で島村に聞き返す金田。

「そやねん、論語の本や。このママがやで。まずは道徳を叩き込まなあかんて。笑えたけど、泣けたで。ママが人の道を説くんやで、でも滑稽やけど親の愛やなて」

ママがしんみりと続けた。

「あん時は人生真っ暗やったわ。アタシのせいや思ってな。この子一生車椅子生活かもしれんて。小学中学で読み書き算盤教えてもらえへんかったけど、せめて常識を身につけさそう思ってな」

「私も協力せな思ってな。読み書き算盤できんかったら、電車の切符も買えへん、そう思ってな、次行った時は、小学四年生からの漢字ドリルと算数のドリルを買って持っていったで」と、島村。

「結局、勉強せえへんかったけどな」

「でもよかったやん。障害もなく無事退院できて」と、谷山がフォローした。

「そのあとかいな？　テキヤ行き出したんわ」と、島村。

「そや。テキヤ、たこ焼き屋のバイトや」と、ママ。

「ええんかいな、中学生が学校行かんと働いても。児童なんとか法違反やろ」と、金田。

「しゃあないやん、教室入れてもらえへんのやから。ブラブラしとるよりはマシやろ」

「テキヤに、よう寄せてもらえたな」

「自分で探してきたんや。心配でそっと見に行ったで、天神さんに」

「こき使われてた？」と、谷山が心配げに聞いた。

「ううん。かわいがられてた。ほんまは根は真面目な子やから、一生懸命たこ焼き、焼かしてもろてた」

「ふーん」

「でもな……」

「なんや?」と、金田が促した。

「でもまだ十代そこそこやで。まだもうちょっと遊ばしてやりたいやんか。同級生でも大学行く奴は二十歳過ぎまで遊べるやろ。ほんで家に舞い戻ってきた時、言うたんや。テキヤさんも悪ないけど、もう少し色々見てからでも遅ないでって。とりあえず高校行ってから考え、て」

「ほんで?」

「高校なんか行けるわけないやろ勉強してへんのに、て涙目で真剣に言いよるんや」

「………」

金田は徳利からお猪口に酒を注いだ。

島村はビールのグラスを口に運んだ。

谷山は宙を見ながら新たに煙草に火を点けた。

「アタシ反省したわ。ホンマは行きたいんやな、て思ったんや」

「ほんでママ、スイッチ入ったんや」と、ボソッと言う島村。

「そや。入れる高校探したわな、入試のない高校を必死で」

「そんなんあんの?」と谷山。

「あったんや、それが」

「高校行ってたかいな?」と、金田。

「行ってたんや、一年ほどは」

「結局、やめたんか」と、谷山。

「入試がないのはよかったんやけど、基礎が出来てへんから授業についていけへん、おもろない、て。またバトルや」

ママはもう一杯、自分のために焼酎水割りを作った。島村は空のグラスをカウンターの台座へ戻した。

「おかわり。その頃やな、あの本持ってきたんわ」

「ああ、そやな。このオッサンまたわけのわからん本持ってきよった思ったけど、まあ気持ちやし受け取って万太郎に渡したんや」

「三冊渡したんやけど、しばらくして万太郎と店で会った時、おっちゃん本ありがとうて返してきたんや。寺山修司と茨木のり子の本は見向きもせんかったみたいやけど、立花隆の『青春漂流』て本は抱きしめて、よかった、て」

「漢字も読めへんし言葉の意味もわからんことばかりやったやろうけど、感じるものがあったんちゃうかな」

「私的《わたし》には、嬉しかったんや。前向いとる、思ってな。その本はあげる、て」

「今はちゃんと料理人の道を歩んで家庭ももって、立派なもんや」と、金田。

「立派かどうか知らんけど、普通に生活できてるだけでよしとしよう思うてる」と、ママ。

谷山が煙草を一服して言った。

「万太郎の披露宴思い出すな。あん時もオレら動員されたな」

「そやそや、わしらのテーブル席だけ異様に浮いとったな。茶髪やキラキラした若い子だらけの披露宴。その中にポッカリとオッサン席や。話題は糖尿病か血圧の話ばかりや」と、思い出し笑いする金田。

「ええやん、チーム安楽亭やで。親族代わりや」と、谷山が自分に言い聞かせるように言った。

金田がさらに笑いながら続けた。

「あん時の桜田社長の主賓挨拶、笑えたけど泣けたな」

ママも笑いながらあとを受けた。

「ほんまやで。冒頭に少年院ていうくだりで言葉に詰まって泣き出してしもて、あと何の話かわからへん。知らん人が聞いたら、新郎は少年院帰りか思われてるで、ほんまに」

その時、モモが入口に向かって小さく吠えた。扉が開き、毛糸の帽子、マフラー、分厚いコートで着膨れした男が入ってきた。メガネが一気に曇った。

谷山が嬉しそうに声をかけた。

「桜田さん、今ちょうど噂してたとこやがな」

桜田、着膨れを解きながら返す。

「また他人の悪口言うとったんかいな」

今度は島村が軽口を叩いた。

「そやそや、おらん奴の悪口が酒のあてやで」

金田も笑いながら追随した。

「そういう店やな、この店は」

ママは笑いながら、反駁した。

「店ちゃうやろ、客やろ」

谷山はママの方を見て反撃した。

「客よりはママの毒舌やで」

「ふん、他人の不幸は蜜の味いうからな」と、ママが開き直った。

「おおこわっ。ママ、ビールな」と、座る桜田。

金田は桜田にニタニタ笑いながら言った。

「万太郎の結婚式のスピーチの話や」

桜田は両手を左右に振りながら言った。

「やめて、やめて。もう言わんといて」

谷山がさらにいじった。

「ええ話やったなあ、て皆で言うとったんや」

桜田は出されたビールを飲んで微笑んだ。

金田が改めて桜田に言った。

「今度マキちゃんも結婚するらしいで」

「そうやねん、聞いてる。またみんなで参加したらんなんな」

「またええスピーチ頼むで」と、島村が冷やかした。

「もう堪忍や、スピーチは誰かしてや。ボクは花嫁とバージンロード歩くさかい」

「父親代わりやな」と、納得する谷山。

金田がママに聞く。

「本物の父親は不参加かいな？」

「さあどうやろ。若い嫁さん貰《もろ》て乳呑み児もおるしな」と、ママ。

「招待状出した？」と、聞く桜田。

「まだやけど、一応出すんちゃうか。おばあちゃんには出したし」

「おばあちゃんて、あんたの姑だった人かいな？」と少し驚く金田。

「そや、昔は嫁と姑の関係で、味噌汁のダシのとり方から叩き込まれたわ。バブルに浮かれてパッパラパーの生活から、結婚して家庭に入って、料理の作り方も知らんであきれられたわ」

「離婚してからもまだお付き合いあんのかいな？」と、意外そうに聞く桜田。

「子供らがたまに覗きに行ってあげてるんや」

「優しい子たちやな」

「そろそろ巻き寿司食べよか。縁起もんやで」

ママが巻き寿司の載った皿を並べだした。

金田がその一本を手に取り眺めながら聞いた。

「今年はどっち向いて食べるんや？」

「南南東や、線路の方や」

窓外をチンチン電車が通過していく。

四人、線路の方を向いて巻き寿司を食べ出す。

「食べ終わるまで喋ったらアカンで。福が逃げるで」と、笑うママ。

モモは店の喧騒をよそに小上がりで寝息をたてている。


二月中頃。

安楽亭の提灯に既に灯が入っている。

一番奥のカウンター席に島村がいる。

その横の席にはモモがいる。

先ほどから島村は豚足を食べやすいサイズに噛みちぎってはモモにやっている。

扉が開き、金田が入ってくる。

「いらっしゃい。遅いやん、今日は」

金田、モモの隣の席に座る。モモの頭を撫でるが、当のモモは豚足に夢中で見向きもしない。

「ふん、アホ犬が」と寂しく微笑む。

「負けたんか？　パチンコ」と、ママが鎌をかける。

「うん……」

「こないだ五万勝った言うてたのに」

「今日はあかんかった、三万負けや」

「今日の売り上げパーやな」と、憐れむ島村。

「ママ、ビール。豚足食べるモモ見ると永田さんを思い出すな……そういや最近来んようになったな」と、金田はママに問うた。

「……亡くならはったで」と、ママ。

「え⁉」

「……自殺やて。二週間ほど前かな」

「なんで？」

「……お金に詰まったんちゃうか。金融業も法律厳しなって闇金も難しなったんちゃうか」

「いっとき羽振りよかったのにな。この店も運転手付きの車で来てたやん」

「……そうやったな」

「なんか歯切れわるいな、なんかあったんか？」

「……またババつかんでしもた」と、ため息をつくママ。

「どうしたんや？」と、話に加わる島村。

「お金貸したんや、直ぐに倍近こうして返す言われて」

「アホやなあ、マキちゃんの結婚式の費用か？」と、心配する金田。

「島根の不動産いじってはって、抵当入れてるから大丈夫やて言われて」

「戻らへんのかいな」と、島村。

「たぶん回収不能や。一応裁判になるけどな」

「またやな。前で懲りたんちゃうんかいな」

「あたし、欲どおしいねん、島村さんみたいにまだ枯れた境地にならへん。反省や。今度は書類揃ってるし大丈夫や思ってたんや」

「またて、前もそういことあったんか？」と、問い直す金田。

「一昨年くらい、一時、よう来てた金貸しの人おったやろ」と、島村が金田に言う。

「ああ元極道で、足洗って大映通りで貸金業してた人か」

「そうそう中条さん、あのお兄さんや」

「それなりに真面目に働いて頑張ってたのにな」と、ママはまたため息をつく。

「あの人も自殺やったな」と、島村。

「順調やって自宅も新築してたのに、それがあだになったんや」とママ元気なく言う。

「どういうことや?」と、金田。

「昔の仲間に目つけられ、妬まれ、しまいに喰いもんされて」

「今のヤクザ、シノギあらへんもんな」と、島村がわかったようなことを言う。

「あたしはそん時そんなこと知らんと商売順調や思って、直ぐ返すから当座にちょっと貸して言われて、二百万」とママしょんぼり言う。

「家族はおらへんのかいな?」と、金田が問う。

「お母さんいはったけど、そんなん知らんて」

「借用書、まかんかったんかいな」

「直ぐ返してくれる思ったから」

「結局お人好しやな。一見がめつう見えるけど。ぼったくり安楽亭言われても」

島村はモモに豚足の最後の一切れを与え、ママに聞いた。

「何人目や？」

「何が？」

「この店に関わって死んだ人」

「この店は関係あらへんで」

「そやな、それぞれの人生やな。この店を終着駅にして旅立っただけやな」

「終着駅て、また変な言い回しやな……」と、金田が苦笑する。

「モモ、おしまいや。お・し・ま・い」

島村、モモに空の皿を見せる。モモは椅子から飛び下り小上がりの定位置に戻る。

扉が開き、谷山が入ってくる。

「いらっしゃい、谷山君も遅いやんか」

谷山、金田の横に座る。

「ママ、ビールな」

その様子をみて金田が聞いた。

「勝ったんか？」

「うん、まあな。千円でかかって三万や」と、得意げに答える谷山。

「よかったやん。こないだ八万負けたとこやろ」と、ママ。

「勝つ日もあれば負ける日もある」

「でも博打で使う金があるなら、うちで落としてや」

「それとこれとは別や」

「皆そう言いよるな。博打の金と生活の金は別やて。金銭感覚がマヒするんやな」

金田が島村に水を向けた。

「島村はんは、賭け事しいへんのか？」

「今はしいへん。フリーの頃はしてた。パチンコ、競輪、たまにボート。嫁さんや子供にええもん食わしてやろ思ってな。でもアカンな。貧しい生活がもっと困窮した」

「ほんで嫁さんに逃げられたんか」と、茶化す谷山。

「うっ、……そうかもしれん。博打脳は縄文時代のＤＮＡやで狩猟民族の」

「また何の話や」と、呆れ顔の金田。

「大昔狩猟生活しとったやろ、その頃は何日も獲物追いかけて森を彷徨《さまよ》ってたんや。ほんで捕れる時もありゃ捕れん時もある、一か八かの博打や。それがこの脳ミソの左奥のあたりにまだ残ってるんや、それが博打脳やで」

「またええかげんな話を」と、谷山が受け流す。

「だから男は博打が中々やめられへんのや」

「島村はん、あんた、やめたんやろ?」と、いなす金田。

「釣りで博打脳を満たしとるんや。週末は嵐山の奥の湖で釣りするんや」

「釣り? 何が釣れるんや?」と、谷山。

「トラウトや、ニジマスや。有料の釣り堀みたいなとこやけど、六〇センチ級のニジマスが放してある。ウエーダーいうて胸まである長靴履いて、湖入ってルアーを投げるんや」

「水の中でかいな?」と、呆れる金田。

「そや。風が吹こうが雪が降ろうが、水の中で立ちん棒や。ひたすらルアーを投げ続けるんや」

「寒いのに、アホやで」と、嘲笑するママ。

「そや、アホや。でも滅多に釣れへんけど、釣れた時の快感がたまらん。エクスタシーや。パチンコのフィーバーかかった時と同じやで。アドレナリンとドーパミンが一気に出るで。魚が暴れてリールのドラグがキリキリ唸ると、脳ミソの垢やゴミを一気に掃除してくれるで」

「ほんで、その魚は持って帰って食べるんかいな?」と、興味なさげに聞く谷山。

「持って帰らへん。魚が観念して、たも網に入ったら私の勝ちや、ゲームセットや。ありがとう言うてリリースや」

「なんやそれ。生産性のないこっちゃな」と、興味を無くす金田。

「そういうゲームや、遊びやがな」

「まあ人それぞれ趣味があるわな。ママ、熱燗して」

金田は空のグラスをカウンターの台座に置き、話題を戻した。

「ほんでさっきの話やけど、何人目や?」

島村がママの代わりに答えた。

「七人目や」

「そんなになるんか」

「なんの話?」と、谷山。

「この店から消えていった人や」と、金田。

「亡くなった人」と、島村。

「また縁起の悪い話して」と顔をしかめる谷山。

島村は右手を開いてから親指を折った。

「まず一人目が川茂ちゃんや。パッカー車の川茂ちゃんも自殺やった」

「店の前通る女子高生のパンツ見えたてはしゃいどったのにな」と、思い出す金田。

「若い、かわいい嫁さんもろてから店にも来んようになって、おかしなったんや」と、しみじみ言うママ。

島村は右手の人差し指を折った。

「二人目が鈴木さんや。竹刀の鈴木さんは孤独死やったな」

「竹刀を杖代わりにしてはったな」と、つけ加える谷山。

「役所や図書館通って、受付の女の子にクレームつけるのを日課にしてはったな」と苦笑いする金田。

「店に来んようになって、亡くなったんちゃうか、誰か家見てきたげたら言うてて、結局本名も家も誰も知らんかったや」と、語る島村。

「宇多野で造園業している資産家の一族や言うてたけどな。あの辺、大きな造園屋ばっかりやし、敷地に家族も一緒に住んでるやろから何かあったら気づくやろと」と、補足するママ。

「ほんで一週間たち二週間たち、忘れていたら一ヶ月後にニュースで知ったんや。離れで発見されたて」と、しんみり言う島村。

「大きな敷地内に息子夫婦とか住んでたらしいんやけど、偏固モンやったから相手にされんと、別に生活してたんや。ほんで発見が遅れたんやて」と、ママは煙草に火を点けた。

島村が中指を折って続けた。

「三人目はシンちゃんや。タクシーのシンちゃんも孤独死やな」

ママは煙草の煙を吐いて言った。

「三日ほど無断欠席で会社の人がアパート訪ねたら、コタツに入ったまま亡くなってたんやて」

「病気持ちやったんか」と、金田。

「わからへん、店では元気そうやったけどな」

島村は薬指を折り見つめながら言った。

「ほんで四人目が河合ちゃんや。河合ちゃんは自殺」

「糖尿病で両足切断したあとも、義足で杖ついて店通ってくれてたのにな」と、谷山は懐かしむように言った。

「公務員やから定年まで、まだ十年以上働けたはずやけどな」と残念そうに言うママ。

さらに島村は小指を折った。

「五人目はよっちゃんかな。よっちゃんはこの店あんまり長ないな。来だして二、三ヶ月くらいで亡くなったな。よっちゃんは孤独死みたいな事故死かな」

「奥さん亡くして寂しい寂しいいて、この辺の店を毎晩梯子してはったな」と、金田。

「この店を出て、次のスナックに行く途中で転ばはって、頭打って救急車や。その日のうちに亡くならはったんや」と、ママがちょっとうしろめたそうに言った。

金田がフォローした。

「奥さんとこに行きたかったんやで」

島村は今度は握った拳の小指を立てた。

「ほんで六番目が中条さん、自殺」

「今度の永田さんも自殺で、七人目か」と、ママが受け、一転明るく言い放った。

「団子三兄弟は長生きしてや」

「ふん」と金田、鼻で笑う。

窓外をチンチン電車が通り過ぎた。

モモは小上がりで丸くなり寝息をたてていた。

谷山が煙草に火を点け言った。

「カタちゃんは？　最近見いへんけど」

「行方不明や。電話も通じへん。たぶんどっかの施設に引き取られたんちゃうか」と、ママ。

金田はモモの方をちらっと見て言った。

「カタちゃんもモモのお得意さんやったのにな」

「そやねん。半身不随になってからも、杖ついてタクシーで店通ってくれてたのにな」

「そのトイレの前の席で、いつもモモにエサやってたな」

「寡黙な人やったけど、モモとは喋っとったな」と、島村はモモの方を見て言った。

「デイサービス受けてはったから、たぶんその関係に引き取られたんちゃうかな」とママ。

「家族は？」と、金田がママに聞いた。

「天涯孤独や。九州出身らしいけど、若い頃関西に出てきて家族とは音信不通みたい。でも真面目に勤め上げたから、多少の蓄えもあって施設も面倒見てくれるんやで」

「地獄の沙汰も金次第やな」と、島村はビールをあおった。

「明日は我が身やな」と、金田は苦笑した。

谷山は半分おどけながら見回して言った。

「怖いな、縁起の悪い店やな」

「そんなことあらへん、みんな店では楽しそうやったんやから」と、ママが笑って打ち消した。

「そりゃそうかもしれん……」

「今頃はみんな天国で飲んではるわ」と、金田は独り言ちた。

「あの辺から店の様子見てはるかもな」

と、島村は天井の角を指さす。

「やめてやめて」と、谷山は身震いをした。

「化けて出る人誰もおらへん。みんなこの店では幸せやったんやから」と、ママは微笑んだ。

「そうや、ここは安楽亭コミューンや」と、島村。

「なんや、コミューンて」と、金田。

「みんな平等やてこと。社会的地位も年収も国籍も関係あらへん。社長も年金生活者も生活保護の人も、ママの前では平等や、カモや、いじり相手や。ニコニコ現金払いならオーケーなんや。その代わり金の切れ目が縁の切れ目やけどな」

ママ、グラスを掲げニタッと微笑む。

「へっ」と苦笑する金田と谷山。

島村、グラスを飲み干す。

「ママ、ビールお代わり」

「はあい」

島村は最近見かけない客の話題を続けた。

「あの社長はどうなったん？」

「誰や？　赤毛のアンか？」と、ママ。

「ああ、赤毛のアンてのもおったな。ママに月百万で愛人ならへんかて口説いてたな」

「おった、おった。赤毛のアンな。運転手付きの古いソアラでいっとき通ってたな。齢《とし》に似合わず、髪の毛赤こう染めてな」と、金田が食いついてきた。

島村はママからビールを受け取りながら聞いた。

「赤毛のアンも不動産いじっとったけど、もっとヤバイ物件いじっとった社長さんおったやろ?」

「ああ、三瓶さんか」

「そうそう三瓶さんや。どうしてはる?」

「バブル崩壊して、今はおとなしくしてはる」

「愛人ようけこさえてはったけど、どうしたんやろ。愛人に一軒ずつ家与えて社宅や言うて。ほんで会社の役員にして愛人手当は役員報酬やて」

「愛人もそのままらしいで。手を切ろうしたら包丁突き付けられて『私の青春返して』て泣かれたらしいで」

「自業自得やな」と、谷山が鼻で笑った。

島村が続けた。

「愛人の一人で娘さんおって自分の会社の事務員にしてたな。あの娘さんは?」

「ホスト狂いやな。はんぱないお金の使い方してたけど、まだそのままいるらしいで」とママ。

「たぶん会社の金に手つけとんな」

「三瓶さんもバブルの時、ややこしいヤクザがらみの不動産一手に引き受けてたからな。まだ多少の蓄えがあるんちゃうか。知らんけど」

「いろんな人がおるなあ」と、半ば呆れ顔で言う金田。

「そうや、あれがある」

と、ママ、冷蔵庫からケーキを取り出す。

「今日、バレンタイデーやで。みんな無縁やろうから、マキちゃんからや」

カウンターの台座に並べられるケーキの皿。

「なんや、ちょっと形が変やな、このケーキ」と、マジマジ見つめる金田。

「マキの失敗作や」

「ああパテシエの修業中やったな」と、谷山も皿を手に取り眺めまわした。

「あとで頂くわ」と、金田。

島村の横の席にモモが飛び乗ってきた。

「目ざといな、こいつ」

島村、ケーキの皿を一つ取り寄せる。食べやすいサイズにしてモモにやり出す。

「ほんまアホ犬やで」と金田、モモの尻を撫でる。

窓外をチンチン電車が通り過ぎる。


二月下旬。

島村が男を一人連れて来た。

安楽亭の暖簾をくぐり、入口を開けた。

ママが椅子に足を載せ、咥え煙草でテレビを見ていた。

「ママ、カモ連れてきたで。……なんやな、そのだらけた格好は」

ママは慌てて厨房に回った。

「安楽亭営業部長が、今日はネギしょったカモをご案内してきたで」

「なんですか、それ？」

四十代半ばの、その男は島村の言葉に戸惑いを見せた。

「いらっしゃいませ」

ママは、その男がよいカモかどうかニコニコと品定めする。

「撮影所の営業施設で働いている甲賀君や。働きもんやけど、嫁の来てがまだおらんのや。

自宅の床下には壺が隠してあり、その中に小金を貯めているらしい」と、島村は甲賀を紹介した。

「なんですか、それ？」

甲賀は今度は苦笑いした。

モモが島村の足にまとわりついてきた。

「あっ、甲賀君、犬、大丈夫やったたっけ？」

「はあ、大丈夫ですけど……」

島村と甲賀がカウンター席に座ると、モモも島村の横の席に飛び乗った。

「いつも独りで外食してるらしいわ。たまには家庭料理食わしてやろう思ってな。栄養あるもん、適当に出してやってや」と島村はモモの頭を撫でながら言った。

甲賀はモモの様子を珍しそうに見た後、店を見回した。

「あのお、漫画本は置いてないんですか？」

「はあ？」ママは甲賀をキョトンと見た。

「いつも晩飯は漫画読みながら食べるんで」

「ない。テレビならある。平成の時代にテレビのある飲み屋めずらしいやろ」と、島村が遮った。

「アニメも戦隊ものも今の時間やってないしなあ……」と、甲賀がつぶやいた。

「はあ?」と、ママは島村を見た。

「まあ、ええやん。ビール飲も飲も。ママ、ビール二つ」

窓外をチンチン電車が通り過ぎて行く。

甲賀はビールを一口飲んで言った。

「ママさん、さっき島村さんが嫁の来てがいないみたいな言い方してましたけど、実はボクこうみえてモテるんですよ」

「そうなんや」と、ママは愛想笑いを返した。

「こないだのバレンタインデーも営業部の女の子十人と宴会ですわ」

「合コンやったん?」

「違いますよ、女の子十人に対してボク一人ですよ」

「すごいやん、ハーレムやな」

「甲賀君、それ何か裏があるやろ?　例えば全員の飯代出すからって誘ったとか」と、茶化す島村。

「そりゃそうですよ。女の子の飲み代出すのはあたりまえじゃないですか」

「十人分もかいな」

「まあ一人の子だけでよかったんですけど、その子が他の九人も連れて行く、て」

「それは嫌がられてんのや。一人じゃイヤやて」

「違いますよ、たくさん参加した方が楽しいから、て」

ママがクスッと笑った。

「ほんで、営業の受付嬢みんなから義理チョコもらえたんか?」と、島村が小馬鹿にして聞いた。

「違いますよ、ボクが招待したんやから、ボクが上げました、みんなに。ゴディバをお土産に」

「ひえーっ、アホちゃう」

「なんでですか、みんな喜んでましたよ」

「そりゃ喜ぶやろ」

「独身貴族やな。今度、アタシにもゴディバちょうだいね」と、ママが妖しく微笑んだ。

この夜は、甲賀を酒の肴に安楽亭の夜は更けていった。

三月

三月初め。日没も少し遅くなってきた。

島村が安楽亭の暖簾をくぐり扉を開ける。店内は既に三人の客で賑わっていた。

「ああ今日は一日《ついたち》か」と島村はつぶやいた。

一席ずつ空け、客三人は並んでいた。

その足元をモモが行ったり来たりしていた。

島村が入口近くの席に着くと、ウロウロしていたモモが横の席に飛び乗ってきた。やっと確実にエサをくれる相手が来たからだ。

一番奥に座っている白髪の老人、新山が声をかけてきた。

「おお、京映さん、元気か?」

「はい、ボチボチやってます。お父さんも絶好調みたいですな」

「そやねん、わしらは月初めだけ絶好調やねん」

「これからスナックへ出撃ですか。そのウオーミングアップですね」

「おおそうや、女が待ってるからな。さっきから早う来いて電話がしつこいねん」

「それはそれはお盛んなことで。ママ、ビールね」

「はあい」とビールを出したあと、ママは自分の水割りを作り出す。

「新山さん、一杯ちょうだいね」とニコッとグラスを傾ける。

「おまえな、わしらみたいな貧乏人にようたかるな、ほんまにヒドイ店やな」

「どうせ、このあとさんざんスナックでぼったくられるんやから、かわいいもんやで」

「そや。ひと月に一回の楽しみや。明日からまたしょんぼりや。極貧生活に耐えなあかん。今日だけや散財できるのは」

島村は次に中ほどに座っている頭の禿げたメガネの老人、笹山に声をかけた。

「笹山さんもまだ生きとったんかいな」

「あたりまえや。今日は血液入れ替えたところやからビンビンやで」

「透析て週何回あるん？」

「わしの場合は週二回や」

「大変やな。飲んで大丈夫なんか。身体大切にせなあかんで」

「大丈夫やで。憎まれっ子世に憚るていうやん」と、笑うママ。

「誰が憎まれっ子やねん」

「息子夫婦や娘から勘当されてんのやろ」

「違うわい、わしの方が勘当してやったんや」

「でも孫には小遣いやってんのやろ」

「そら孫は別や、かわいいわな」

島村は、いたずらっぽくママに振った。

「ほんでママ、また包丁研いでもろたん?」

ママでなく笹山が答えた。

「そや、島ちゃん、この女えげつないで、こないだカニもらったからさばきに来て、て。そのついでに包丁も研いで、て」

島村は今度は笹山に聞いた。

「ほいで、カニおすそ分けしてもろたん?」

「くれるわけないやろ、ありがとうで終わりや」

「そいうやっちゃで、ママは」

「でも包丁切れ味抜群やで。さすが元料理人や、さすがや」と持ち上げるママ。

「あほ、おだててもあかん」

「笹山さんも一杯ちょうだいね」

「ホンマ、あくどい店やで」

島村は手前に座っているやせ細った老人、勝山にも声をかけた。

「勝山さんもお久しぶり。体調はどうですか？」

「あかん。いつ死んでもおかしない」

「こないだも入院してはったらしいわ」と、ママ。

「どこが悪いん？」と、心配そうに聞く島村。

「わからへん、全部や」

「大丈夫なん？　こんなとこで飲んでて」

「この娘《こ》にショートメールで呼び出されたんや。一応、生きてるし顔出しておこう思ってな」

「無理したらあかんで」

「次来れんかもしれんしな」

「そんなん言わんと、来月も来てや」と、営業するママ。

「ホンマ無茶言う店やで」

老人たちの悪態とママの毒舌の応酬がしばらく続く。

やがて老人たちは楽しそうにそれぞれ次の店に向かった。

窓外をチンチン電車が通り過ぎていった。


島村はモモに手羽先の身をちぎってやっている。

「皆さんにまた営業メール送ったんか」

「そや。毎月一日《ついたち》の行事や。ホタルイカあるで」

「うん、ちょうだい。旬には旬のもの喰わんとな。生活保護費の支給日にメール送るて、独居老人相手の貧困ビジネスみたいやな。あくどいなあ」

「そんなことあらへん。みんな寂しいんやで、たまには楽しいことあらんとあかんで」

「まあみんな嬉しそうやったけどな」

扉が開き、金田が入ってきた。

「いらっしゃい」

「ご一行さんは帰らはったか？」

「うん、皆さん、さんざんママにいじられて次の店に行かはったで」と、島村。

「あいかわらずやな。熱燗な」

「はあい」

金田はモモの頭を撫でながら、その横に座った。

店の片隅のテレビでは巨人軍のキャンプの様子を報道していた。

「チャンネル変えて。歌番組かなんかないんかいな、昭和歌謡は」と、島村。

「なんで巨人嫌いなん？　選手、皆男前やし垢抜けしてるし、ええやん」と、挑発するママ。

「私には三つ嫌いなものがあります。巨人、イスラエル、原発や」

「またわけのわからんこと言うてるわ」と、つぶやく金田。

「その話、もう聞きあきたで」と、リモコンでチャンネルを変えるママ。

「青少年に夢を与える野球やで。札束でライバルチームの選手を引き抜いたらあかんやろ。金の力で人を転ばしたらあかんや」

「そんなことあらへん、野球少年はいつかは夢の巨人軍で活躍したいんやで」

「あかん、金の力で人を黙らせたり押さえつけたりしたらあかん。私ら貧乏人は夢も希望もなくなるで」

「金やで、最後は金の力やで。巨人あっての日本のプロ野球やで」と、勝ち誇ったように言うママ。

「そうかて……」

「どうでもええやん、どうせ阪神また最下位やろし」と、諫める金田。

島村は形勢逆転にと話題を転じた。

「イスラエルかて、なんでパレスチナいじめるねん。ユダヤ人かてさんざんいじめられてきたんやから、弱いもんの気持ちわかるやろに」

「難しい話はわからんわ」と、ママが躱した。

「政治の話はやめとこ」と、鎮める金田。

扉が開き、谷山が入ってきた。

「いらっしゃい、遅いやん、パチンコか?」

「年度末で仕事が忙しいねん。ビール」

「はあい。そやな三月やな。建築関係忙しいわな」

島村は、空の皿をモモに見せる。

「おしまいや。また谷山君に怒られるわ」

「別に怒らへんけど、モモが病気になったら、あんたのせいやで。そうなったら悲しいやろ？」

「うん、悲しい。モモ死んだら泣く」

「ほんまどうしようもない人やな」

モモは定位置の小上がりに戻った。

ママは興味なさげに話題を戻した。

「原発は、なんであかんの？」

「原発もそうや。貧しい地方に作ってジャブジャブの金漬けで黙らせて」

谷山が嚙んできた。

「でもその地方はそれで潤ってんやろ。若狭の方行ったら、町役場も学校も立派な建物たってんで。みんなウインウインちゃうん」

「なんでも金で解決したらあかん」

「みんな生活があるんやで、経済回さんと。定期検査の時は建築関係もいっぱい仕事あるで。人がいっぱい動くと宿は潤う、飯屋も潤う、こういう酒場も儲かる、みんなウインウインやで」と、まくしたてる谷山。

「危険と隣り合わせや。北朝鮮のミサイルの標的になってるんやで」と反論する島村。

「それはまた話が飛躍しすぎや」と、金田。

「現実やで。若狭には直線距離にして百キロ圏内に十五基の原発があるんや。世界的にもないでこんなに密集した異常地帯は。九三年宮沢内閣の時や、北朝鮮がノドン2号てミサイルを撃ったんや。それが若狭沖にポチャンて落ちたんや。官邸は大騒ぎや。でも政府は国民には隠したんや。慌てて日本政府とアメリカ政府は、クリントン大統領やけどな、北朝鮮にコメを送ったんや。その場しのぎで矛先を収めさそう思ってな」

「ほんまかいな」と、疑う金田。

「そうなんや。ホンマならマスコミも大騒ぎするニュースのはずやで。でも野党も沈黙や。万が一、原発にミサイルが当たったら、冬なら北西の風で放射能が琵琶湖の水を汚染するわな。琵琶湖いうたら京阪神の水瓶やで。さらに三時間後には放射能は名古屋の上空に届くんや。大災害やで」

「ふーん」と、半信半疑の金田。

「ほんまやで。あん時日本海の海を見に行ったら自衛隊の船が沖合に停泊してたで。日頃はそんなとこにおらへんのにな」

「ふーん」

「ほんで日頃舌鋒鋭く政府を批判していた報道番組にメールしたんや。なんで報道せえへんのか、て。でも無視や」

「メールしたて、あんたやっぱ変わりもんやな」と、苦笑する金田。

「原発は安全やて推進してきた政府は途方に暮れるわな。国家の一大事やのに、マスコミも野党も黙ってるてどういうことや」

「その話がホンマなら、なんであんたがそんな国家機密を知ったんや？　おかしいやろ？」

と、指摘する金田。

「……新聞や。新聞の片隅に小さく載ってたんや。報道人の良心やな、たぶん」

「にわかには信じられへん話やな」

「そのあと、若狭の原発について調べたんや。地元で長年反原発運動してる人の本を読んだんや。それによると若狭は守られている、て。南に饗庭の陸上自衛隊、西に舞鶴の海上自衛隊、北に小松の航空自衛隊と配置され、囲まれている。国道には雪害の場合のため封鎖する遮断機が設置されている。各保健所には放射能による甲状腺がんを予防するためのヨウ化カリウムも配備されている、て。若狭は守られているのではなく、いざ原発事故が起きた場合は封鎖できるように守られている、と書いたあった」

「また極論やな」と、金田。

「核兵器持たんでもミサイルがあれば同じ効果があるゆうことやな。人類は原子力をコントロールできてへん」

谷山が楔を打ち込んできた。

「そういう、あんたも若狭の原発から送られる電気のおかげで快適な暮らししてんのんやろ」

「そりゃそうやけど……」と、島村は言葉に詰った。

そのあとは、島村がみんなにやり込められる場となった。

モモは小上がりで『ぴんちゃん』とじゃれ出した。ぴんちゃんとはピンクのうさぎのぬいぐるみだ。モモはかわいそうだからと去勢手術をしていない。ぴんちゃんを抱きかかえ腰を振りだした。

ママが気づき厨房から叱った。

「モモ！　恥ずかしいし、やめて！」

モモはお構いなしに腰を振り続ける。

「ホンマ、アホ犬やな」と、金田が苦笑いした。

「モモ、せつないなあ」と島村がつぶやいた。

チンチン電車が窓外を通り過ぎていく。


三月も三寒四温と、既に一週間程が過ぎた。

この日は霙《みぞれ》が降っている。

店の前でママが暖簾をかけている。

島村が傘をさし、やって来る。

「寒いな」

「いらっしゃい」

店に入ると、モモが足元にからみついてきた。

カウンターには既に金田が座っていた。

「おつかれさん」

「カネちゃん、早いやん」

「雨降ってきたし、早めに切り上げたんや。モモ、よかったな、親友が来て」

「ママ、これアマゴ」

と、島村はカバンからタッパーを取り出し見せた。

「釣ってきたん？」

「うん、昨日の日曜、清滝川の解禁日やった」

金田の横の席に腰かける。反対側の席にモモ飛び乗る。島村はモモの頭を撫でてやる。

「三月の一週目の日曜は清滝川、二週目は上桂川、三週目は美山川の解禁や」

「ニジマスちゃうんか？」と、聞く金田。

「三月はアマゴ月間や。ニジマスは休みや」

「美味しいな、アマゴ。あとで焼くわ」と、タッパーを受け取るママ。

「来週は上桂川や。まだ雪の中やで。雪を踏みしめ河原におりるんや。楽しいで」

「絶対イヤやわ、そんな寒いの」

「ビール。モモの食べれそうなものは？　ゲソ焼きは？」

「あかん、イカはあかん」

「そやった、イカとチョコレートはアカンのや。腰が抜けるんやった」

「じゃこ天かな。あとで若竹煮もあるで」

「やわろこうて美味しで」と、金田。既につまんでいた。

「ママ、口は悪いけど、料理は上手やな」

「ありがと。カネちゃん、一杯ちょうだいね」

「これや、おだてると直ぐつけあがる」

ママ、自分用の焼酎水割りを作り出す。

テレビでは沖縄のニュースをやっている。

「アカン、チャンネル変えな」と、ママはリモコンを探す。

「なんでや?」と、金田が聞く。

「ホラ、沖縄の話は、島村さん泣き出すんや」

「そんなことあらへん」

「いつも熱う語り出して、最後泣くやんか」

「沖縄のアメリカ軍の基地は、四十六都道府県でそれぞれが引き受けなあかん言うてるだけや」

「また非現実的な話を言うてるな」と、鼻で笑う金田。

「戦争末期本土防衛やいうて、女子供に竹やり持たせて戦わせたんやで」

島村は既に涙声になってきた。

「スイッチ入ってもうたやん」と、ママ。

「海軍士官の最後の打電や。暗唱するで。沖縄県民カク戦ヘリ県民ニ対シ後世特別ノ御高配ヲ賜ラムコトヲ……て。できてへんやろ、あかんやろ」

島村の目から涙があふれだしている。

「あんた沖縄関係あんのかいな?」と、冷めた声で問う金田。

「日本人や、沖縄も同じ日本やで」

「わしは韓国や」

「…………」

「朝鮮人もひどい目にあってきたで……」

「…………」

島村は次の言葉が出ず目が泳ぐ。

ママはテレビの方へ身体を向け、リモコンでザッピングを始める。

扉が開き谷山が入ってきた。

モモの横に座る。

「どうしたん？　なんか空気がヘン」

ママが谷山の前におしぼりを置く。

「……島村さんが、沖縄の話でまた泣き出さはったんや」

「またかいな。ほなまたついでに会津の話もせな」と、谷山は島村をからかう。

「もうええて。せえへん」

「会津てなんや？」と、金田。

「会津の人と薩摩の人は、いまだに結婚できへんて話や。ママ、お湯割りな」と、谷山。

「なんでや？」と、金田。

ママは焼酎お湯割りを作りながら、

「明治維新の頃の怨念の話らしいで」と、適当に言う。

島村が首を振った。

「違う。幕末の話や。その頃、長州のテロリストが京都の町で暴れてて、幕府が御所を守るために、会津藩に京都の守りを要請したんや」

「またスイッチ入ったで」と、茶化すママ。

「東北の遠い遠い会津から、会津藩士がお国のためやいうて、断腸の思いで出兵したんや。ほんで命がけで御所をお守りしたんや。長州の攻撃から薩摩の兵と一緒にやで。それが坂本龍馬の薩長同盟であれよあれよというまに、気が付いたら朝敵やで。薩摩は錦の御旗掲げる討幕軍になって会津の街焼いたんや。略奪や暴行、殺害されてひどいもんや。白虎隊の悲劇もそん時や」

「革命や戦争て古今東西そんなもんやろ。なんぼ高い志掲げた戦争かて、現場の兵隊は略奪や強姦するやろ」と、金田。

「ほんで、その時の恨みで平成の世の中になっても会津と薩摩の人は結婚しいへんのか、ほんまかいな」と、まとめに入る谷山。

「たぶん」

「たぶんて、あんたの思い込みだけやろ」

「島村さんは、右翼かアカのどっちかやで」と、茶化すママ。

「アカて、死語やろ」と苦笑する金田。

「昔、撮影所で赤旗振り回して唸ってたらしいで」と、ママ。

「ホンマかいな。何時代の話や、昭和か？」

島村がビールを一口飲んでから応じた。

「平成や。バブル崩壊したあとや。行きがかりじょう、しゃあなかったんや」

「何したんや？」と、問う金田。

「話、また長なるで」と、そそのかすママ。

「撮影所のスタッフはほとんどがフリーランスや。映画が斜陽産業になってからは社員なんて従業員の一割もおらへん。バブルが崩壊して仕事がなくなったんや。ほんで会社は皆さんはフリーですので、どこへでも行って仕事して下さいて言われてな。バブルの時は仕事もぎょうさんあって、スタッフが常に足らん状態やったんや。会社も君たちはうちの大切な戦力やから他所行かずにここでずっと働いて下さいて囲い込みしてたのにな。その頃、東京でも人足らんし、東京行って一旗揚げようゆうもんもおったんや。それでも太秦に留まって、結婚し、子供も出来て生活基盤も出来かけてたとこでバブル崩壊や。みんな途方に暮れたんや」

「あの頃、バブル崩壊の頃、どの業界もそうや。俺らの建築関係もボロボロやった」と、谷山が口を挟んだ。

「あたしもバブルの頃、ええ思いいっぱいしたけど、勤めてた店もアカンようになって、最後はオーナーにソープ行かへんか言われて辞めたわ」と、ママ。

人の話は聞き流し、続ける島村。

「ほんで、見かねた社員労組がオルグに入って組合結成や。各部署ごとに組織化され、私は当初は傍観者やったんやけど、部署では年長だったんで、その部署の代表に祭り上げられてしもたんや。旗揚げでビラまいて、ビラ貼って、会社は労働争議やて大騒ぎやで」

「労働争議て、懐かしい響きやな」と、金田。

「それで第一回目の団交が行われることになったんや。組合事務所で事前の対策会議があって、そこではみんな勇ましいんや。それがいざ団交の席上となると、誰もよう発言しいへん。えっと思ったけど誰も俯いて喋らへん。会社側は苛立って恫喝してきたんで、しゃあなく私が口火を切ったんや。それからや、私のA級戦犯人生は。島村あいつが首謀者や、あいつがみんなをそそのかしたんやて、会社はそう思ってまうわな。あとは会社に弓引く大罪人を演じ続けるしかあらへん」

熱く喋り続ける島村の話を聞くしかないあとの三人。

「最初は組合活動の仕方もわからへんし、社員組合の指導で活動しとったんや。でも途中でわかったんや。さんざん私らフリーに暴れさしておいて、終盤になったら妥結指令出すんや。社員のボーナスで折り合いがついたら妥結やて。フリーの問題はなんにも解決してへんのにやで。そのうち社員労組の人も定年でいなくなって、それからはもう独自路線や。京都のフリーだけで単独ストや。それから十年戦い続けたわ。何回もストライキもしたで」

「ストライキて時代錯誤な、今時どこの労組もストライキなんてしいへんで。昔は国鉄やらようけストしとったけどな」と、金田。

「おかげで会社も必死に仕事とってきたし、スタッフのギャラも上がったし、労働環境もだいぶ改善したで。ボーナスみたいなもんも出るようになった。ボーナスとか一時金て言わへん、酒肴料やで、酒、肴代やで。最初三万円やったけど十年かけて十万円まで上げたわ。社員のボーナスに比べたら雀の涙ほどもないけどな。退職金も交渉したな」

「頑張らはったんや」と、素直に言う谷山。

「でも前から飛んでくる矢弾は覚悟してたけど、後ろから矢弾が飛んでくるとは思わんかったで。一番悲しかったで。仕事が安定してくると保身に走る奴が出てくんねん」

「そりゃそうやろ、みんな我が身がかわいいで」と、ママ。

「よう考えたら仕事が戻ると誰も組合活動なんかしたないわな。監督や技師になるために撮影所で働いてるんやし。それで私も方針転換したんや。監督や技師になれそうな奴は組合を抜けさせたんや。組合結成当時は四十人ほどおったけど、最後の方は五人や。春闘の闘争期間中は私一人でビラ書いて、一人でビラ配って、実質一人で団交しとったわ。闘争期間中は仕事もできへん、ノーギャラや、無収入や」

「そやねん。なんで人のために奥さんに逃げられたんわ」と、茶化すママ。

「その頃やろ、奥さんに逃げられたんわ」と、茶化すママ。


「そやねん。なんで人のためにそこまでせんなんのて。あんたの夢はどうなったんて。子供の将来のことも考えてえなって」

「それは、そう言うわな」と、同情する谷山。

「でも奥さん逃げたん、別の理由やで、たぶん」と、意味ありげに言うママ。

「なんやと。でも、酒肴料一万円アップ勝ち取ったとして、フリーランスの対象者が三百人として、会社側は三百万円余分に用意せんなん。元のベースが三万円やったら合わせて千二百万の金を用意せんなん」

「たいそうな金額やな。会社側にしたらアンタやっぱ悪党やな」と、苦笑する金田。

「でもな、それで撮影所は回ったんや。組合員はたったの五人になってしもたけど、フリーランスのスタッフは三百人や、それは組合員ちゃうけど、準構成員みたいなもんや。表だっては会社に弓引く組合活動には参加しいへんけど、影の応援団みたいなもんや。そのバックボーンは大きい圧力やで。おかげでスタッフ逃げださへんし、スタッフおるからこそ仕事もこなせるんやで。やっぱ人が財産やで」

「なんか自分で自分を美化してへんか？　話を盛ってへんか？」といたずらっぽく言う谷山。

「まあ多少はな」

「その頃やろ、中島みゆきの『世情』て曲かけて唸ってたん」と、あおるママ。

「そや。春闘中、昼休み利用した決起集会の時や。駐車場広場に赤旗立てて大きなメガホンからカセットテープの『世情』を流してたんや。グッドアイデアやろ。ほんで、そのあとシュピレヒコールや、『ギャラ上げろ！　ボーナス出せ！』て」と、熱く語る島村。

「右翼の街宣みたいやな」と、谷山がボソッとつぶやく。

「駐車場広場は食堂に面してるんや。食堂からはスタッフがみんな冷ややかな目で見てるんや。でも本音はみんなもっとやれって祈ってたんやで」

島村は喉を潤すようにビールを飲んだ。

谷山が冷静に聞いた。

「ほんで今はなんで社員なん？　なんで社員になったん？」

「所長が代わったんや。代々所長は京都の人やったんやけど、東京本社から所長が新たに来たんや。今まで京都の所長は親分肌いうかわかりやすかったんやけど、東京から来た所長さんは一見紳士やったんや。腰が低いし言葉も丁寧やしな。本社の役員も兼ねてて、まあ策士やな」

「京都の所長さんて、昔はあの人や思ってた、撮影所の入口にいつもいはった、千代川さんていったっけ？」と、島村に確認するママ。

「ああ千代川さんな。ある意味撮影所では一番偉かったけどな。あの人、普段は好好爺やったけど、怒ったら怖かったで。誰も逆らえへん。作品ぎょうさん入ってステージの取り合いなった時は、あの人の鶴の一声や、大岡裁きや。誰も逆らえへん」

「子供の頃、お父さんに連れられて撮影所遊びに行った時、あの人が案内してくれはったで。あの人も元極道ちゃったんか？」

「そやねん。戦後の闇市の親分やったらしい。詳しいことは知らんけど。そのあと撮影現場を仕切る係をやってたらしい。夏場でも長袖のシャツ着てはったわ。手首まで絵が入っていたからな。大工やら職人さんが夕方作業終わって撮影所の風呂浴びるんやけど、千代川さんが一番風呂や。その前は誰も入られへん。そういうきまりや。他にも背中に倶利伽羅紋々入れた職人もようけおったけどな」

「ほんで門番してはったん?」

「門番ちゃう、門番は守衛さんがおる。魔除けというか、番犬いうたら失礼にあたるし、そや、広隆寺さんの仁王さんみたいなもんや。チンピラとか変なもんが入って来んように、入口のとこで睨みを利かしてはったんや。ヤクザの親分も撮影所来た時は、必ず千代川さんに挨拶したもんやで。組合決起して初めて撮影所の入口でビラまきした時も、殴られるか思ってビビッてたら、ご苦労、ご苦労てニコニコして見守ってくれてはったんや」

「二、三年前に亡くならはったな」

「そや。葬儀の日、霊柩車が撮影所のステージが並んでるとこをグルッと回ったわ。そん時はどの組も撮影中断してセット前に整列して見送ったな。雨が降ってたな、涙雨や」

「昭和は終わったな」と、ママは煙草に火を点けた。

　島村も煙草に火を点け、遠い目になった。

　谷山も煙草に火を点け、続きを促した。

「ほんで東京から来た所長さんはどうやったん?」

「その所長さんが島村を社員にせいて言わはったんや。赴任してきて情報収集して所内の様子を見て、そう仕かけたんやろな」

「ほんでホイホイと社員になったんかいな」と、挑発する谷山。

「ならへんわ。やっと撮影所でフリースタッフを回す仕組みを作り上げたんやで。撮影所の幹部も私ら組合も、緊張関係にはあるけど、その頃は方向性は一緒や。撮影所を存続させて仕事を回し、スタッフもここで何とか飯を食っていける、そういう体制をやっと作ったんやで。撮影所の幹部も、組合がうるさいからゆうて本社に言い訳して撮影所を守る意識が強うなってきたんや。意識改革が一番時間がかかったんやで。撮影所はレギュラーのフリースタッフとの共存共栄しかないいて」

「オレらもゼネコンの仕事の時は似たようなもんや。元請けがあって、下請けがあって、孫請けがあって、みんな共存共栄して何とか食っていかんなん」と一人納得する谷山。

「一番わすれらんことがあるんや。映演総連て全国組織があるんやけど、そこから署名協力の要請がきたんや。ちょっと前に鶴亀映画の鎌倉撮影所が閉鎖されて、今度は大活の調布撮影所が閉鎖の危機にある、存続要望の署名活動をて。鎌倉、調布の次は太秦やで、日本映画の危機やでと思ってな。うちの撮影所でも二日間、所内駐車場に机置いて署名活動したんや。それも昼休み一時間だけやで。それがその時、所内におった人、所長以外は社員含め全員が署名してくれたんや。外部作品も入ってて東京から来ていたスタッフまでも、昼休みにあれよあれよと署名してくれたんよ。たったの二時間で二百三十四人の署名が集まったんよ。会社の幹部まで署名してくれたで。泣けたで。組合やってよかったんやて改めて撮影所を守ろうて決意したで」

「また泣き出しはったで」と、茶化すママ。

谷山は煙草の煙を大きく吐いて言った。

「今の島村さんからは想像できへんな」

金田がお猪口の酒をあおってから言った。

「ほんで、新所長どうしたんや？」

「新所長が私を社員にするて、あからさまな組合潰しにしか思えへんやろ。もしかしたら京都の撮影所を潰しにきたんかもしれんて。任俠映画の大スター、秀さん、知っているやろ」

「秀さん、知ってるがな。当時は着流しでかっこよかったな。でももう久しく太秦来てへんやろ。それがどうしたんや？」と、聞く金田。

「そやねん、秀さん太秦来んようになってから久しいねん。でも太秦撮影所のもんは、また戻ってきはる、と思い続けていたんや。シェーン、カムバック！　て」

「ほんで新所長さんと秀さんがどう関係あるんや？」

「その新所長がな、赴任してきてしばらくたってから、秀さんの部屋を閉めたんや」

「秀さんの部屋？」

「そうや。俳優会館て建物があってな、その二階の日当たりのええ部屋は、時代劇の大御所様たちの部屋て決まってるんや。ご老公様や将軍吉宗様やらな。ほんで秀さんの部屋はその中でも一番ええ角部屋や。ドアの上には大倉秀次郎て札がかけてあり、不可侵、聖域で空けてあったんや」

「何十年も太秦来てへんのにかいな」

「そや。いつでも直ぐ帰ってきはったら使えるように毎日掃除のオバちゃんも掃除してたんや」

「まあ気持ちはわからんでもないけどな、無駄な気もすんな」と、谷山。

「そやねん。新所長も合理的やないからって、秀さんの名札を外したんや」

「まあ、しゃあないやろ、もう太秦来てへんのやから」と、ママ。

「太秦原住民にしたらショックやで。信奉者がよおけおったんやから。縄文人が弥生人に土偶とりあげられたようなもんやで」

「またわけのわからんたとえ言いよる」と、苦笑する金田。

「やっぱ新所長は太秦撮影所を潰しに来たんやでと内心思うわな」

「ほんでアンタの社員化も、その一環や思ったんやな。やっと話がつながったな」と、谷山はお湯割りを飲んだ。

「そやねん。ほんで社員化の誘いは当然断ったがな。京都の幹部連中も、島村に組合辞められたら困るて内心思ってたと思うで。フリースタッフが何とか食えて撮影所も作品がこなせる、そういう仕組みが出来つつあったから。それでも幹部社員はサラリーマンやから新所長の命令に従わんなん、入れ替わり立ち代わりいろんな人に呼び出されて口説かれた。二年間断り続けたんやけど……」

「ほな、なんで受けたんや?」と、静かに谷山が聞いた。

「うん……。一方、新所長はその間、大きな映画を京都の撮影所で作ってくれたんや。スタッフも潤うわな。もしかしたら撮影所を潰す気はあらへんかもと。そしたらまた幹部に呼び出されて、新たな提案をされたんや。撮影所の強化のため、今のフリーで優秀な者十三人を現地採用で社員化するて。それはええことや、組合要求でもフリースタッフの社員化要求も掲げてたから。でもそれには条件がある、おまえの首や。お前が社員にならん限り、誰も社員にせえへんて。そんな殺生な。おまえがこれ以上頑迷な抵抗を続けると、せっかく社員になれる可能性のある十三人がなれへん。その人たちの人生にどう償うんやと。またおまえが心配するように撮影所を潰すつもりはあらへん、十三人を現地で社員にするいうことは、撮影所も存続させるつもりや。それは撮影所が潰されんように楔を打つことにもなるんや、て」

「ほんで呑んだんやな」と、谷山。

「……うん」

「また自分で自分を美化してない？　自分に酔ってない？　話を盛ってない？」と、意地悪く聞く谷山。

「まあ多少はな」

「ほんで今はスタッフを弾圧する立場かいな」と、追い打ちをかける谷山。

「ふーん……してへん、そんなことは。組合の要求書で出すより、社員なって管理職でやる方がスムーズや」と、取り繕う島田。

「スムーズなん？」と、疑う谷山。

「違うな、スムーズとは言えんな。三百六十度あらゆる方向から矢弾は飛んでくるけど、でも組合で吠えているより実現しやすなったかな」

「ほんでこの店で矢弾の刺さった鎧を脱いで、モモに癒してもらうねんな」と、ママがニコッとグラスを掲げまとめに入った。

島村は喋りすぎて喉が渇いた。グラスのビールを空けた。

「ママ、お代わり」

「はあい。今日はカレーがあるで。みんな締めはカレーライス食べてや」

「ほな、今もらうわ。少なめな」と金田。

「オレもな。オレは大盛りな」と谷山。

ママはカレーの鍋を温め直そうとコンロの火を点けた。店にはカレーの香りが漂った。

モモはいつの間にか定位置の小上がりに戻り寝息をたてていた。

窓外をチンチン電車が通り過ぎて行く。

三月十一日午後二時四十六分、東日本大震災発生。大津波が東北沿岸を襲う。

三月十二日午後三時三十分頃、福島第一原発一号機爆発。

三月十四日午前十一時頃、福島第一原発三号機水素爆発。


三月中旬。

安楽亭のカウンターに金田、谷山、島村が並んで座っている。三人は食い入るように店のテレビを見つめていた。画面では先ほどから福島原発の水素爆発の映像が繰り返し映し出されている。

誰も言葉を発しない。ママがつぶやく。

「えらいこっちゃなあ」

モモは小上がりで丸くなり寝息をたてている。

四月

四月中旬。

安楽亭の店内、島村が入ってきた。モモが駆け寄る。

「向かいの桜も散ってしまったな」

島村が椅子に腰かけるとママが言った。

「山菱さん、亡くなったって」

「えっ、なんで」

「よう知らんけど、孤独死みたいやで」

「そういや、最近店に来てへんかったな。ビールと塩豚」

「はーい。三月末で定年や言うてはったけど、四月は一回も来てへんかったんや」

「なんでわかったん?」

「一晩中電気がついたままで、テレビも鳴りっぱなしで、近所の人が様子がおかしいて通報しはったんやて。そしたら家の中で倒れてはったんやて。周りには酒の一升瓶がゴロゴロ転がってたらしいで。半分ゴミ屋敷みたいやったって」

「定年しても、ここに通ったらよかったんや」

「勤め帰りに寄るのと、わざわざ出かけるのとは違ったんやろな。パジャマも着替えんならんし、買い物行くのも邪魔くそうて、なんも食べんと、お酒ばっかり飲んでたんと違うかな」

「ふーん、男はやっぱ仕事辞めると弱るんやな」

島村の前にビールが置かれた。一口飲んで聞いた。

「何人目や？」

「……八人目」

「明日は我が身やな」

島村の横に座り、料理が出てくるのを待っていたモモが振り返り、入口に向かって小さく吠えた。桜田社長が入ってきた。

「あら久しぶり、いらっしゃい」

「お忙しいですか？」と、島村が迎えた。

「あかん。便器が入らへん」

「へっ？」

「福島の地震でサプライチェーンがダウンしてトイレの便器が納入されへん。ママ、ビールな」

「はーい」

「どういうこと？」と、問う島村。

「新築物件何件か抱えてるんやけど、建物の他の部分は完成したんや。けど、トイレだけできへん。施主さんに引き渡しができへん。代金がもらえへん。大工や職人には金払わんわけにはいかんし、困っとんねん」

「それもまた、大変やな」と言いながら、ママが島村の前に塩豚鍋を置く。モモが待ってましたと鍋を覗き込むと、島村は豚肉を箸でつまみ上げ、フーフーと冷ましてからモモにやり出す。

　扉が開き、谷山が入ってくる。

「おつかれさん」

「いらっしゃい」

「来週から一週間、福島へ行くことになったわ」

「えっ福島へ」と、驚く島村。

「元請けからの要請や、職人が足らんのやって。ママ、ビールなっ」

「はあい」

「道路がまだ通れへんのちゃうの?」と、桜田。

「うん。日本海側から迂回したら入れるらしいわ」

「復興事業始まってんねんな」

「ほうか、日本のため頑張ってきてや」と、島村は少しグラスを掲げ、飲んだ。

「一週間も留守されたら、店の売り上げ落ちるやんか」と、ママは谷山の前にビールを置いた。

「そこかいな」と、苦笑する谷山。

「桜田さん、一杯ちょうだいや。今日は谷山君の分までいっぱい使ってや」

「あんた、あいかわらずやな」と、呆れる桜田。

金田が入って来る。

「いらっしゃい」

「おっ、お揃いで」

「カネちゃん、景気どうです？」と、桜田が声をかける。

金田は桜田の横に座る。

「あかん、観光客まだ戻らへん。ママ、わしもビールなっ」

「はあい」

「なんでもかんでも自粛自粛やからな」と、ぼやく島村。

「テレビもまだニュースや報道番組ばっかりや」と、金田もぼやく。

島村が思い出したように言った。

「今日、うちのスタッフが街中でロケしてたら、通行人に怒られたて。こんな国中が大変な時に何してんねんて」

「そう言われてもなあ」と、同情する桜田。

「そやねん、私らの稼業はドラマや映画を作ることやねん。まずは衣食住が優先てのはわかるけど、娯楽や芸術も人間にとってかけがいのないもんやで。心を潤すもんや。これで飯食ってるもんもようけおるんや。ほんで、スタッフには誇りをもって働いたらええんやでて励ますしかあらへん」

金田が一口ビールに口をつけてから言った。

「そういや、島村はん、福島事故のあと、原発についてなんも言わんようになったな。テレビではコメンテーターやら何やらニワカ反原発論者や脱原発論者が増えて騒いどるのにな」

「うん。なんも言えんようになった。みんな必死で戦っている姿をニュースで見ると軽々しゅう言えへん。自衛隊のヘリが原発の上から水かけとったやろ。ドン・キホーテやで。でも放射能浴びながらも決死隊でやらなあかんかったんやろ。涙出てきたで」

「また泣き出すんかいな」と、冷やかす谷山。

「モモおしまいや、お・し・ま・い」

島村が空の鍋をモモに見せると、モモはおとなしく小上がりに戻った。

「でも原子力の研究とロケットの研究は続けなあかん」と、唐突に言う島村。

「また、何の話やねん」と、小馬鹿にして聞く金田。

「安全保障の話や。原発と種子島のロケットはセットや。世界の軍事白書では日本は平和憲法もってるけど、準核武装国とみなされてるで。原発で出た濃縮ウランをロケットに積んだら核ミサイルやで」

「また怖い話してるで。あんたやっぱ右翼やな」と、呆れる金田。

「広島長崎に原爆落とされて戦争に負けた。戦後日本人のアイデンティティやで。戦争はアカン、平和憲法やて。一方で現実には核兵器持った国が存在する。原子力の研究は必要や、原子力の平和利用て名目で原発を研究開発してきたんや。種子島のロケットも平和利用の場合はロケットやけど、軍事利用の場合はミサイルやで。野党の政治家もわかってるで、言わんだけで」

「もうええわ、そんな話」と、くさす谷山。

桜田が話題を変え、島村に聞いた。

「ほんで自分の映画作りはどないなったん？」

「あらへん、あらへん、今ではそんな気」と、茶化すママ。

「そうなん？」と、島村に聞く桜田。

「うん。あらへん」と、うつむく島村。

「なんでなん？　宝くじ当たったら映画作るんやて、昔ここで熱う語ってたんやんか」

「宝くじも、もう買わんようになったわ」

「なんやねん、それは」

「撮影所を愛しすぎたんやな」と、ボソッとつぶやく島村。

「へ?」

「またキザなこと言うてはるで」と、茶化す谷山。

島村が遠い目になって語り出した。

「おもろいとこやで、撮影所は。口論してても取っ組み合いの喧嘩してても、本番! て怒鳴ったら、直ぐ静かになる。直ぐ動きが止まる。条件反射、習性やな」

「ふーん」

「動物園みたいなところやねん」

「どういうこと?」と、首を傾げる桜田。

「猛獣や珍獣や、怪獣もおる。たまに絶滅したはずの恐竜までおる。まあ、撮影所というより業界やけどな」

「はあ?」

「私ら猛獣使いみたいなもんや。噛みつかれるけど、最初はあま噛みや。そこで手を引っ込めたら大怪我する。でもそのまま噛ましておいたら、そのうち舐めてくる。そうやって手なづけるんや」

「この店の客も珍獣やらようけおるで」と、顎で円を描いて笑うママ。

桜田は横をチラッと見てから言った。

「珍獣いうより、偏固モン、頑固モンやろ。でもママが直ぐに手なづけよる」

ママ、ニッと笑いグラスの焼酎を飲む。

「猛獣で思い出した。こないだうちの店でロケしたんや。そん時の監督、猛獣いうより、やっぱヤクザやで。スタッフに、ボケッ、カスッ、アホッ、タコッ、シネッって怒鳴ってはったで」

「まあ、ベテランの中にはそういう人もまだ多少いるわな」と、苦笑する島村。

「こんな汚い小さな店でロケしたんかいな?」と、金田。

「汚いは余分やろ」と、ママ。

「そやねん。急きょロケ場所からドタキャン食ったって、現場から電話かかってきたんや。ほんでここを紹介したんや。昼間やったら空いてるし、何しても大丈夫や、殺人現場でも悪徳ボッタクリの店の設定でもＯＫやて」

「ボッタクリの店て、まんまやんか」と、笑う谷山。

「ほんでロケの間、ママ二階に隠れて出てきいへんのや。終わってスタッフ引き上げたら嬉しそうに下りてきてな、あんたの会社やっぱヤクザやんかって。何が上場企業やねん、何がコンプライアンスやねんって」

「二階の窓チョット開けて覗いとったけど、角刈りで黒眼鏡のオッサンが若いスタッフに怒鳴り散らしとったで。あれが監督やろ。ほんまビックリしたで。ヤクザやん。久々にあんな光景見たわ」と嬉しそうに言うママ。

「たまたまや。そういう時もあんねん」と、言い訳けする島村。

「若いスタッフ、ようついて行くな。親にも叱られたことなかったやろに」

「向かん子は直ぐ辞める、好きな子は残る、そういうもんや」

桜田がまた話題を変える。

「マキちゃんの結婚式は予定通り六月、するんか？　世の中自粛ムードやけど」

「うん。式場予約してるし、今更変える方が大変や」

「そや、ママ、今回は出席遠慮させてもらうわ」とすまなそうに言う金田。

「えっ、なんでや」

「遠いねん、神戸は」

「えっ、神戸？　結婚式、神戸かいな」と聞き直す島村。

「そやで神戸の教会で式挙げて、異人館で披露宴や。招待状にも書いてあったやろ」

「まだ見てへん。ほんなら車でいけへんな」

「そやねん、列車乗り継ぎや。この歳で今更電車よう乗らんわ、ゴメンな」と金田。

「島村さんと谷山君は来てくれるんやろ」と念押しするママ。

「うん。チーム安楽亭やから、行かんとな」と答える谷山。

「島村さん、会社での肩書、なんやの？」

「なんや、突然。一応、部長やで」

「あんたんとこの会社、零細企業やけど、一部上場やろ」

「まあ零細企業やけどな」と苦笑する。

「花婿側の主賓挨拶、作家らしいわ。こちらも負けてられへん。乾杯の挨拶頼むで」

「桜田社長がおるがな。桜田工務店代表取締役の方が聞こえがええで」

「あかん、また泣き出す」

桜田が口を挟む。

「島村さん、今回ボクは花嫁とバージンロード歩く役や。乾杯挨拶はアンタの役やで」

「えーっ、しゃあないな。マキちゃんの門出やもんな」

窓外をチンチン電車が通り過ぎて行く。

モモは寝息を立てている。

五月

五月中旬。

桜の木には青葉が芽吹いている。爽やかな風が安楽亭の暖簾を揺らしている。午後七時前だがまだ明るい。

島村は暖簾をくぐり扉を開けた。

店内は喧騒の中、煙草の煙が充満していた。カウンターの七席全てが埋まっていて、ママは厨房で忙しく動き回っていた。

「ママ、ビールお代わり」

「はあい」

「こっちも焼酎お代わりね」

「はあい」

「氷もね」

「はあい。あっ島村さん、ビールケースや」

「大入り、大繁盛やな」

島村はつぶやき、脇の片隅にあったビールケースを二つ重ねた。そして小上がりの座布団をその上に置いた。L字カウンターの手前の角にそれを置き自分の席を作った。

モモが直ぐに島村の足元にまとわりついてきた。今夜は満席でモモの席がないのだ。島村はモモの頭を撫でた。

「おお、モモ。そうか、今夜はエサがなかなか食べれへんな。オッちゃんのビールもなかなかやし」

モモは二本足で立ち、島村の足をトントン叩いた。島村は煙草に火を点け、今夜の客を改めて眺め回した。

奥から二席は千秋ちゃんカップル。千秋ちゃんも古くからの馴染みだ。ママの同級生らしい。バツイチで成人した息子と暮らしている。今日は釣り友の彼氏と来ている。釣りの話に熱中している。

その横に谷山がいる。谷山の手前には、もう一組のカップルがいる。谷山は二組のカップルの狭間で独り手持ち無沙汰のようだ。煙草を吸いながら携帯をいじっている。

谷山の手前のカップルはトンデモ屋の夫婦だ。嵐山で食堂を営んでいる。定休日はたまにこうして安楽亭に寄るのだ。夫婦共にトラキチである。今夜も阪神タイガースの不甲斐なさを嘆いて酒をあおっているのだろう。

その手前横は田沢というスーパー老人だ。老人といっても齢が七十歳を超えているだけでバリバリ現役のクロス張りの職人だ。心臓にペースメーカーを入れているが至って元気、いつも意気軒高だ。たまに若い愛人を連れて安楽亭に寄るが、今日は一人で来ている。新聞をよく読むらしく、知識も豊富で、どんな話題でもいっちょ嚙みしてくる。団子三兄弟、つまり金田、谷山、島村の三人と田沢とママだけの時は、ある話題についてそれぞれが方向がてんでバラバラで勝手な主張を繰り返すのだ。永遠に平行線で酒が進み、ママにとっては店の売り上げが上がるという好循環となるのだ。今夜は隣り合わせた老婦人と艶っぽい話で盛り上がっているようだ。

その一番手前の老婦人は高木という。安楽亭と同じ町内に住む独居老人だ。昔は祇園で芸妓をして、そのあとは有力客に曳かれ、縄手でラウンジを営んでいたとのことだ。確かに今でも身なりも化粧もちゃんとしていて一見気品がある。悩みは離婚した娘だ。子供を抱え別の所に住んでいるのだが、仕事をしていない。昼間からパチンコに入りびたりらしい。それで金がなくなると小遣いをせびりに高木の家に寄るとのことだ。孫はかわいいが娘には困ったものだといつも嘆いている。

この老婦人の十八番は芸妓時代の艶っぽい話だ。島村も谷山も当初は聞き役に回っていたが、毎回同じ話を繰り返すので辟易していた。谷山や島村のことをどうやら認知できておらず、初対面の人と思って喋っているようだ。今夜は田沢がその相手をしている。田沢は本当に初対面だったので話が盛り上がっているようだ。

「うーっ」

モモが足元から見上げ唸った。島村があまりにも構わないので怒ったのだ。

「あっ、モモちゃんゴメンゴメン」

と、その時ママが、

「お待ちどうさん」

と、島村の前にビールと手羽先を置いた。

「ホラ、モモちゃん、エサ来たで」

島村は手羽先を食べやすい大きさにして足元のモモに与えた。

春の宵、安楽亭の夜は更けていった。

客も三々五々引き上げていき、谷山と島村だけが残った。

島村はビールケースを片づけ、谷山の横に座った。すかさず反対側の席にはモモが飛び乗った。

谷山は周りの客が残した空の皿やグラスを、カウンター台に戻しながら言った。

「やっと、食べれるな。ママ、飯とウインナーと卵焼き」

「ちょっと休憩させて」と言いながら、ママは高木の座っていたあたりを確認した。

「大丈夫か？」と、谷山が聞いた。

たまに失禁していることがあるのだ。

「今日は大丈夫やな」と、椅子に腰かけ煙草に火を点けた。

「おおはやりやったな」と、島村も煙草に火を点けた。

「こんなにいらんねん。ボチボチでええねん」と、ママは煙とため息を吐いた。

「今日はよかったな、高木さんの相手を田沢さんがしてくれて」と、皮肉っぽく笑う谷山。

「そや、助かったわ。アンタらが最近無視するから、私がいつも同じ話を聞くはめやで、ほんまに」

「無視はしてへん。挨拶はちゃんとしてるやろ。ママ、私にもなんかちょうだい、炭水化物を」と、島村が笑いながら言った。

「ごはんがもうないわ、谷山君の分でしまいや。パスタでええか？」

「うん。ほな赤い方な」

モモが反応した。目を閉じ丸くなっていたが身体を起こして島村の顔を見た。島村はモモの顎を撫でた。

「ナポリタンや。おまえの好物や」

モモは島村の手を舐めて応えた。

「もう九時や」と、時計を見てママは厨房へ戻った。

「まだ九時や」と、谷山が笑いながら逆らった。

「もう閉店や。今日はもういらん。島村さん、暖簾しまってや。それと一杯ちょうだいや」

ママは焼酎水割りを作り、喉を潤した。そしてウインナーを焼き出した。

島村は店の外へ出た。夜風が気持ちいい。提灯の灯りを消し、慣れた手つきで暖簾をとりこんだ。

五月下旬。

島村が店に入ると、小上がりにマキが腰かけていた。

「いらっしゃい」

マキがモモと戯れている。

「モモちゃん、もう直ぐおわかれやな」と、モモを愛でるマキ。

「そうか、マキちゃん、もう直ぐここ出て行くんやな」

「うん。でも新居は同じ右京区やし」

ママが厨房から口を挟む。

「アンタ、モモも連れて行ってや。そいつアンタの子やで。アンタが育てるいうから飼い出したんやで」

「んっ、でも、ほら、モモは店の看板娘やし」

「オスや」

「そや、ホステスちゃってホストやな」

島村がカウンターに座ると、モモはマキの手を離れ、島村の横の席に飛び乗った。

「ほらな。モモおらんようになったら、島村さん泣きはるで」

と言い残し、マキは二階へ上がった。ママは島村の前に生ビールを置く。

「確かに、そうや。このモモとテレビはええ仕事しよる。ホステス二人分の仕事はしよる」

「マキちゃんの結婚式の日は、モモはお留守番か？」

「そやねん。一日留守する時は万太郎かマキに見にきてもらうんやけど、今度はそうはいかん」

「ドッグホテルは？」

「あかん、発狂しよる。毛のカット行くだけでも暴れよる」

「万太郎の結婚式の時はどうしてたん？」

「美味しいエサいっぱい置いて、電灯もエアコンもつけっぱなしにして留守番や。でも夜帰ってきたら、部屋の中さんざん荒らしとった。そこら中にオシッコとウンチして、ソファまで、そや！　シャネルのバッグまで食い散らかしとった」

「かわいそうなモモちゃん」と島村はモモの頭を撫でる。

ママは声を荒げた。

「ちょっと人の話聞いてる？　シャネルやで、何十万もするバッグやで」

「ああ、ブランドもんな」と気のない返事を返す島村。

「ったく。でもびっくりしたで。破れた中身な、ボール紙みたいな、ただの厚紙の芯やったで。そんなことある？　高級ブランドやで」

「まあ、そんなもんやろ。ブランドもんも中身は張りぼてや」

モモは島村の袖をトントンと叩き出した。

「ママ、この看板ホストの食べれるもんも出してや」

「ふんっ」。ママは不機嫌に返事を返し、小声でつぶやいた。

「偽善者の格言みたいなこと言いやがって」

片隅のテレビでは歌番組の懐メロ特集をやっていた。


五月、とある日曜日。

安楽亭も休み。この日の午後、島村はモモの散歩にかりだされていた。

嵐山近く松尾橋のそばの公園。堤防に停めた車の中ではママが煙草をふかし、携帯で友人とお喋りに興じている。

島村はリードとウンチバッグを持たされモモの散歩をしている。モモはこの公園での散歩が大好きだ。先ほどから後ろ片足を上げながら、そこらじゅうでマーキングをしている。もうオシッコも枯れ果てているのに。

モモの動きが止まり、しゃがんだ、ウンチだ。島村はバッグから袋を取り出し、その始末をする。

島村は思った。いつからだろう、モモのウンチを拾うようになったのは。そう、竜王のアウトレットに行った日からだ。ママにドライブに誘われ、ホイホイついて行った。アウトレットの前でモモのリードを手渡された。

「チョット店内回りたいし、見ててや」と。その時ウンチバッグも渡された。

ママはあっという間に人ごみの中に消えてしまった。島村は「しまった、はかられた」と思ったが、時既に遅し、あとの祭りであった。このあと島村は延々と何時間もモモとアウトレットの外周を散歩した。この時が初めてモモのウンチを拾った日だった。

モモがリードを引っ張った。島村は我に帰りモモを追った。

「ヨーイドン！」

と、島村はモモに声をかけ、走り出した。モモも負けじと走り出した。疾走している時のモモの顔は笑っている。犬が笑うかどうか知らないが、この時のモモの顔はそう見えるのだ。

公園には他にも犬の散歩の人が多くいる。モモはどの犬にも友好的だ、姿を見つけると尻尾を振って近づいていく。大型犬でも小型犬でもオスでもメスでも構わない。相手が怖がったり脅えて吠えたりしない限り、鼻先を相手の鼻先に近づけていく。次に相手のお尻を嗅ぎにいく。その辺で相手の飼い主がリードを引き他所へ連れ去ってしまうのだが。

また公園には幼児を散歩させる母親も多くきている。幼児が「わんわん」と寄ってくる。島村は母親に聞こえるように「桃太郎といいます、なでなでしても大丈夫だよ」と、幼児に促す。モモは尻尾を振って、なでなでされるままにしている。さすが店の看板犬、営業犬、人当たりがよいのだ。幼児も母親も喜ぶ。

そう、モモはこの公園でのこういう散歩が大好きなのだ。

走れ、モモ！

五月晴れの空の下、モモは跳ねる。

六月

六月初旬。神戸のとある教会。

後方の扉が開き花嫁のマキとモーニング姿の桜田が入場する。

留袖姿のママが花嫁を迎える。

緋色のバージンロードを花婿に向かって、桜田と腕を組んだ花嫁が歩き出す。

桜田は涙ぐんでいる。

純白のドレスに身を包んだマキは輝いている。

讃美歌斉唱、牧師による聖書朗読と祈禱、結婚の誓約、指輪の交換、キス、夫婦の宣言、署名と粛々と式は進んだ。

島村はそんな様子をカメラで撮影していた。島村の脳裏に自分の二人の子供のことがよぎった。長男は去年、次男は今年社会人となった。彼等にも将来こんなかわいい嫁さんが来るだろうか。そして自分は結婚式に呼んでもらえるだろうか。もらえるわけがない。元妻が再婚すると知った時、慌てて親権の裁判をした。それに敗れると今度は面接権の裁判く納得した。そんないきさつがあったのだ。結婚式には呼ばれるわけがない。そう島村は寂しく納得した。

谷山もマキの姿をまぶしそうに見つめていた。谷山にも一人男の子がいた。元嫁も子連れで再婚していた。谷山の場合は再婚後も交流があった。でもまだ小学生なので、将来の結婚式のことまでは考えはしなかった。

式が終わり、表でブーケトスの準備が始まっている。

谷山と島村がママの傍へ寄っていった。

「おめでとう」

「ありがとう」

「留袖決まってるやん」と、愛想を言う谷山。

「娘の一世一代のイベントやもん」と、誇らしげなママ。

「モモはお留守番か」と、さりげなく聞く島村。

「そやねん、今日だけは誰も見てくれるもんがおらへん」

「スネまくっておるやろな」

「部屋の電気もつけて、エサいっぱい置いてきてやったけどな」

「きっと当てつけで部屋のそこらじゅうにオシッコしまくってるやろな」

「たぶんな」と、不安げなママ。


神戸の異人館のひとつへ場所移動した。

披露宴が始まっている。

新婦側の席では、桜田がママの元旦那と隣り合わせに座っていた。元旦那の横には乳呑み児を抱いた若い妻も座っていた。さらにその横には元旦那の母親も座っていた。

「実のお父さんを差し置いてバージンロード歩かせてもらって、すいませんね」

「いえいえ、こちらこそ何から何までお任せして、すみません。ありがとうございます」

向かいの席には弟の万太郎一家が座っていた。万太郎の妻は三人子供を連れていた。一番下の子はまだ乳呑み児で、隣の席の谷山が抱いてあやしていた。その横の島村はブツブツと次にする挨拶を暗唱していた。

先ほどから新郎側の主賓挨拶が長々と続いている。新郎のことにはほとんど触れない。自分の作家人生の自慢話ばかりだった。

やっと終わった。

司会者が乾杯の挨拶を告げた。

島村がスタンドマイクのところへ行き、祝辞を述べ出した。

「ケン君、マキちゃん、ならびにご両家の皆様、本日はおめでとうございます。私はマキちゃんのお母さんがやっている安楽亭というお店の常連客です。私の職場と自宅の中間地点にお店があります。それで会社がある日はほぼ毎日寄ってビールを飲んで帰ります。かれこれ十五年近く通っています。マキちゃんが中学生くらいから、その成長を側で無責任に拝見してきました。店には私どものような無責任な客、だらしない大人の客がいっぱいきます。でも、そんな客どもを反面教師としてマキちゃんは立派な美しい女性に育ちました。まさに掃き溜めに鶴です」

客席がクスッと笑った。親族席のママがつぶやいた。

「掃き溜めてなんやねん」

「時にはお母さんと激しいバトルを繰り広げながらも、明るく活発で、かつ、しっかりした女性に成長する姿を見てきました。そして素敵な女性となったマキちゃんが結婚すると聞いて、常連客一同驚きました。でも連れてきた彼氏は、爽やかな好青年でした。安心しました。ケン君、頼みましたよ。それでは、僭越ではありますが、乾杯の音頭を取らせて頂きます。お二人の幸せと、ご両家の繁栄、そして皆さんの健康を祈念して、乾杯！」

「乾杯！」と、一同唱和。

「ありがとうございました」


宴は進み、親族記念写真となった。

正面壇上には新郎側、新婦側と親族が並び出した。元旦那一家とその母親もママに声をかけられ参加した。

元姑はママの傍に寄り、涙をいっぱい溜めて言った。

「お招き頂いてありがとうね」

「こちらこそ、来て頂いてありがとうございます」

その様子を桜田、谷山、島村は見ていた。

「すごい光景やな、元旦那や元姑と記念写真一緒に撮るなんて」と、谷山。

「ママの人徳やで」と、島村。

「不思議な女やな」と、桜田。

披露宴も無事終わった。

谷山、島村、桜田の三人とママは、一緒に電車で京都太秦ムラへ帰った。

「今日はみんなありがとうね」

「おつかれさん」

安楽亭の店の前で四人は解散した。

店の灯りは消えている。

だが二階の居間の灯りは点いている。

ママは家の鍵を開け、階段を駆け上がった。

「モモちゃん、ごめんねー。ただいまー」

一瞬、間が空き、次の瞬間、深夜の住宅街にママの叫び声が響いた。

「きゃーっ、何さらしてんの！　モモーっ！」

おわり

著者プロフィール

志本 哲（しもと さとし）
1961年、京都府生まれ
立命館大学文学部哲学科卒業
京都府在住
本書が初めての著作

太秦安楽亭 〜モモのいる店〜

2023年 8 月15日　初版第 1 刷発行

著　者　志本 哲
発行者　瓜谷 綱延
発行所　株式会社文芸社
〒160-0022　東京都新宿区新宿1－10－1
電話　03-5369-3060（代表）
03-5369-2299（販売）

印刷所　株式会社フクイン

ISBN978-4-286-24407-5